長編トラベルミステリー

# 十津川警部
# 雪とタンチョウと釧網本線

西村京太郎

集英社

目次

# 十津川警部　雪とタンチョウと釧網本線

# 第一章　釧路湿原

## 1

小柴敬介《こしばけいすけ》は、現在四十歳。まだ独身である。これといった趣味はないが、しいていえば旅行とカメラだろう。カメラの方は、十数年の歴史を持っていて専門雑誌に時々自分が撮った写真を投稿し、それが新人賞を貰《もら》ったりすることがあるので、アマチュアカメラマンとしては名の通った方である。

いつも二月になると、小柴は、一週間の休暇を取ってひとりで、北海道に旅行した。友人には、北海道なら緑の季節が良いんじゃないか、わざわざ寒い時期に行くことはないだろうといわれるが、そんな時には、

「寒い所ほど、寒い季節が一番美しいんだよ」

と答えることにしていた。半分は、本当である。特に、雪に覆われた季節の北海道は美しいと小柴は思っていた。ただ半分は、個人的な理由だった。今年も二月に休暇を貰って、真冬の北海道に出発した。

小柴が、特に、愛着があるのは、北海道の中でも道東である。道東というと、北海道の東部で世界遺産になった知床《しれとこ》半島があり、摩周湖《ましゅうこ》や屈斜路《くっしゃろ》

湖《こ》が有名だが、小柴がよく行くのは、釧路《くしろ》湿原だった。今年の三月二十六日から、北海道に北海道新幹線が乗り入れることになったが、しばらくは、函館《はこだて》までしか行かないので、道東の釧路に行くにはやはり、飛行機が一番早い。

今年も小柴は、羽田《はねだ》から釧路行きの飛行機に乗った。

暖冬気味で、東京にはまだ、雪が降らないが、全日空で、釧路空港に着いてみると、空港の端々には大きな残雪の山が出来ていた。そして寒い。小柴は空港から出ているバスで、釧路駅に向かった。

まっすぐ釧路駅に急いだのは、釧路発の『ＳＬ冬の湿原号』に乗るためだった。『冬の湿原号』と名付けた季節限定のＳＬで、釧網線の途中の標《しべ》茶《ちゃ》までの運行である。

『冬の湿原号』は、Ｃ11型蒸気機関車が、五両編成の客車を索引《けんいん》する。釧路駅から釧網《せんもう》線で北へ向かう。五両編成の客車は全席指定で、座席の数は二百八十である。去年も、乗りたかったのだが、切符が手に入らなかったので今年は、前もって切符を買っておいたのだ。

今日は二月のウィークデーだが、それでも釧路駅のホームには『ＳＬ冬の湿原号』に乗るために、大勢の観光客が、集まっていた。フロントにつけた標識には「Ｃ11　１７１　ＳＬ冬の湿原号」と書かれ、タンチョウのマークが描かれていた。ＳＬ自体も見応えがあるが、五両編成の客車も楽しい乗り物だった。座席は全《すべ》て、四人が向かい合うボックスシートでシートの下には、暖房が効いているのだが、各車両にだるまストーブが焚《た》かれていて、車内販売で買ったスルメを、焼くのも楽しいものだった。二号車は、五両編成の中では「カフェカー」と呼ばれ、車内販売のカウンターがあってさまざまなグッズや、駅弁も売られていた。

一一時〇八分。『SL冬の湿原号』は釧路駅を発車した。列車が走り出すと、小柴は、カメラを持って、五両編成の客車を往復しながら、乗っている観光客の姿を写真に撮っていった。時刻表によれば、『冬の湿原号』は、終点の標茶まで五つの駅に停《と》まることになっていた。東釧路・一一時一五分、釧路湿原・一一時四〇分、塘路《とうろ》・一二時ちょうど、茅沼《かやぬま》・一二時一四分、終点標茶着が一二時三七分である。列車は標茶でひと休みしてから、一三時五五分に釧路に引き返す。釧路に帰着するのは、一五時二九分になっていた。小柴は、アマチュアカメラマンらしく、車内の光景を、丁《てい》寧《ねい》に撮ったり、窓の外の雪景色を撮ったりと、自分の座席に戻ることはほとんどなかった。その代わりのように、二号車のカフェカーで、お土産品を買ったり三百六十円のホットコーヒーを飲んだりした。

車内販売の売店で、千八十円の特選弁当も買ったのだが、忙しく車内を歩き回って写真を撮っていたので、終点の標茶に着くまでに弁当を食べそこない、結局標茶で降りて駅の構内で、食べることになってしまった。それでもアマチュアカメラマンを自称している身としては、そんなことも別に苦にはならなかった。それよりも小柴にとっては、観光客の写真を撮ることの方が大事だった。

標茶の駅舎の中で、車内販売の駅弁を、食べながらも、新しい乗客が入って来ると、あわてて、カメラを構えて、シャッターを切った。駅弁を食べ終わると、小柴は、標茶の駅舎を出て、駅の周辺の写真をというより、そこにいる人々を撮りまくった。標茶駅からさらに釧網本線で北へ向かえば、世界遺産になった知床に行けるのだが、第一日目の今日は、乗って来た『ＳＬ冬の湿原号』で釧路に帰ることにしていた。

一時間二十分ほど休んでから『ＳＬ冬の湿原号』は、一三時五五分に標茶を出発した。帰りの車内でも、小柴はアマチュアカメラマンらしくカメラを構えては、車内の通路を、行ったり来たりしながらシャッターを切り続けた。釧路に戻ると今度は釧路市内をタクシーで走り回っては、さまざまな観光施設に、立ち寄って写真を撮りまくった。しかし、彼の顔は、楽しそうではなかった。まるで義務でもあるかのようにカメラを構え、シャッターを押していた。釧路市内の名所旧跡や、そこに来ている観光客を撮りまくった。とにかく、釧路の町が夜の闇に沈むまで、小柴は、憑《つ》かれたようにカメラのシャッターを押し続け、その後、やっと夕食をとり、市内のホテルにチェックインした。

## 2

道東は、冬景色が売りものである。それに、キタキツネ、エゾシカ、タンチョウも。釧路の観光協会では、『冬のたんちょう号』と名付けたバスを、毎日運行している。釧路駅前を出発して丹頂鶴自然公園や、釧路市湿原展望台などを回って釧路駅前に戻って来るバスである。

翌日ホテルで、朝食を済ませた後、小柴は、午前八時に釧路駅前に行き『冬のたんちょう号』に乗り込んだ。こちらも、ほぼ満席だった。バスは午前八時五〇分に釧路駅前のバスターミナルを出発する。その後、釧路プリンスホテルに寄って客を乗せ、丹頂鶴自然公園に向かう。ここでは観光バスらしく、二十分の休憩が与えられる。次の阿《あ》寒《かん》国際ツルセンターでは六十分。山花《やまはな》温泉では、ランチタイムと称して五十五分の休憩である。が、昼食自体は用意されておらず各自勝手に食べることになっていた。ランチタイムが終わると次は、釧路湿原展望台である。ここでの自由時間は二十分。次は塘路駅。その次が細岡《ほそおか》展望台。ここでは三十分。地図を見ると、釧路湿原国立公園の周辺をぐるっとひと回りして、釧路駅前に帰ってくるバスである。全行程で約七時間。途中で抜けることもできるが、小柴はフルコースを乗ってバスが停まるたびに、まるで憑かれたように写真を撮りまくった。

小柴が景色だけでなく、バスの乗客の写真まで撮りまくるので、乗客の中には、「観光バスの専属カメラマンさんですか？」と、きく人もいた。そんな時は、あいまいに笑い「目下、練習中ですが、なかなか、上手《うま》くなりません」ということにしていた。それで、たいていは、大変だなという顔になって、次の質問は、止《や》めてしまう。中には、「がんばって下さい」と応援してくれる乗客もいた。

三日目は、釧路駅前でレンタカーを借り、それを使って、釧路湿原の周辺を、地図を頼りに走り回った。もちろん、この日も写真を撮りまくった。しかし、小柴の顔に笑いは、なかった。ただ一ヶ所、釧路湿原の中で笑顔になったのは、雪の降り積もった湿原の中に、つがいのタンチョウヅルを発見した時だった。よく見れば、幼鳥が一緒である。それでも、微笑はすぐ、悲しみの表情に変わってしまった。

この日、小柴は、さらにタンチョウの姿を求めて、鶴居村《つるいむら》にも入ってみた。

鶴居村は、釧路湿原の北というより、村の南の部分が、釧路湿原にも入っているといった方がいいだろう。

乱獲で、タンチョウの数が激減した時、その数を増やそうと考え、タンチョウを天然記念物に指定し、釧路湿原の北にある鶴居村に、冬季の人工給餌場を作った。村人たちの働きもあって、現在、タンチョウの数は、千羽になったといわれる。

今年も、真冬の今、鶴居村には、人工給餌場が作られている。そこには、二十羽近いタンチョウがいた。

もちろん観光客は、離れた展望台から、見るだけで、タンチョウに近寄ることは、許されない。

小柴は、しばらく、タンチョウたちの優雅な姿に見とれて、観光客の写真を撮るのを忘れてしまった。

小柴は、ズームレンズの中のタンチョウを見つめていたが、ふと、目を閉じた。タンチョウの姿の中に、別のものが、見えてしまったからである。

タンチョウが鋭く鳴いた。

その瞬間、小柴は、われに戻り、あわてて展望台にいる観光客に、カメラを向けた。

最後の七日目に、小柴は、四日前から借りていたレンタカーで、塘路に向かった。

塘路は、釧網本線の途中にあって、近くに塘路湖がある。

塘路湖には、カヌーの発着場があり、素人には、カヌーの練習をさせてくれる。慣れた人は、カヌーを借りて、塘路湖から釧路川に出て、釧路川を遡《さかのぼ》ってもいいし、釧路湿原を舟の上から、見て回ることもできる。

休暇を取る時から、小柴は、最後は、カヌーに乗ると、決めていた。毎年、二月に会社に一週間の休みを申請してきたが、最後の日は、いつも、カヌーに乗ることにしている。

塘路駅の近く、湖の岸にカヌーの乗り場がある。去年と同じように、近くにレンタカーをとめ、カヌーを借りて、塘路湖に乗り出した。

風は冷たいが、快晴である。小柴は、いつものように、釧路川に出て、湿原の中を、まず、上っていった。細い支流に入るのも、楽しかった。

周囲は、釧路湿原である。運が良ければ、タンチョウに出会うことができる。

ふと、岸辺に、タンチョウの姿を発見した。タンチョウを、ひとり占めである。

しかし、嬉《うれ》しくなるよりも、悲しくなってきた。タンチョウを、見つけても、一緒に喜ぶ彼女《ひと》が、傍《そば》にいないからだ。

二羽のタンチョウは、じっと、こちらを見ている。

多分、つがいだろう。まるで、そのことを誇示するように、小柴を見つめている。最初のうちは、楽しかった。が、そのうちに、動かない二羽のタンチョウに、腹が立ってきた。

「わかったよ。仲がいいのは、わかったから、さっさと、向こうへ行け！」

と、小声で、叱《しか》りつけた。それでも、二羽は、動かない。

小柴は、腹立ちまぎれに、いきなり水面を、手で激しく叩《たた》いた。

やっと、二羽のタンチョウは、激しく羽音を残して、飛び去っていった。

そのあと、急に、空《むな》しい気持ちになって、引き返すことにした。

塘路湖の岸のボート小屋に戻り、岸にあがって、駐車場に目をやると、小柴が借りたレンタカーを、数人の男が、取り囲んでいた。

ボート小屋の主人が、突然、大声で、

「この人ですよ！　この人の車ですよ！」

と、叫び、小柴を指さした。

小柴には、何が、どうなっているのか、わからない。

そのうちに、彼のレンタカーを囲んでいた男たちの中から、二人の男が、小柴に向かって、歩いてきた。

屈強な男たちである。二人の男は、小柴を挟むような形になって、

「あの車は、あなたが借りているレンタカーです

ね？」

と、きく。

（刑事らしい）

と、感じた小柴は、

「四日前から借りています」

と、答えながら、少し離れたところに、パトカーが、とまっているのに、気がついた。

「今まで、どこにいたんですか？」

と、一人が、きく。

「カヌーを借りて、釧路川や釧路湿原を回ってきました。いけませんか？」

「もう一度、ききますが、あの車は、あなたが、借りたレンタカーですね？」

「そうです」

「それでは、一緒に、トランクを見て下さい」


二人の男は、小柴を車のところまで、引っ張っていった。

車のトランクは、開いていて、他の男たちが、写真を撮っている。

「トランクの中を、よく見て下さいよ」

と、一人がいった。

小柴が、のぞくと、そこには、毛布にくるまる格好で、女の死体が見えた。

「この女性を、知っていますね。あなたが借りたレンタカーのトランクに入っていたんだ」

「いや、全く覚えがありません。知らない女性ですよ」

「じゃあ、どうして、この車のトランクに入っていたんだ？」

「知りませんよ。第一、私は、この車を借りてから、一度も、トランクは、使っていないんだから」

「それでは、署に行ってから、詳しい話をきくことにする」

一人の刑事が、小柴の腕をつかんだまま、いった。

小柴は、ほとんど有無をいわせぬ形で、パトカーに乗せられ釧路警察署に同行させられた。

パトカーに乗せられている間、小柴は、不思議な幻影を見ていた。これを、デジャブというのだろう。今から、七年前、冬の北海道で、小柴は、今と同じように、刑事に押さえつけられ、パトカーで、運ばれたのである。

3

釧路警察署では、小柴を連れてきた二人の刑事が尋問にあたった。半ば犯人扱いだった。

「レンタカーのトランクに入っていた遺体だがね、名前は坂口《さかぐち》あや、二十九歳。持っていた身分証明書から東京青山にある、モデルクラブに所属しているモデルとわかった。それでも知らない女性だというのか？」

「全く知りませんよ。第一、私はそんなモデルクラブなんか知らないし、関係がないんだ」

小柴の方も、相手に引きずられて、突っかかるような調子で答えた。今から一昔前、いや、正確にいえば七年前のことがあったからだ。もう一人の刑事がきく。

「あんたは東京の青山にあるマンションに住んでいるよね。その番地からみて、死んだホトケさんの働いていたモデルクラブから、歩いて二十分位の所なんだよ。それでも、そんなモデルクラブは、知らないのか？」

「どこにあるかも知りませんよ。私には縁のない場所だから」

「ところで、あんたが、持っていた身分証明書によると、東京の大東《だいとう》電気で、技術開発課長をしているじゃないか。大東電気といえば、大会社じゃないか。そんな会社の課長ともあろう人がどうして、東京のモデルの喉を絞めて殺したんだ？」

「だから、関係ない。知らないといっているじゃありませんか」

そんな押し問答の途中で、若い刑事が取調室に入ってきて、尋問にあたっている刑事二人に、何か耳打ちをした。その後、何かメモを渡してそれを見てから、刑事の一人がイヤな笑い方をした。

「今わかったんだがね、今から七年前の冬にも、あんたは、警察と揉《も》めごとを起こしているんだね。その時は、うちじゃなくて、網走《あばしり》署だが」

と、いった。

もう一人の刑事は、渡されたメモを見ながら、

「事件を起こしたのは、釧路だった。あんたはそのあと、釧網本線で、逃げて、網走でまた事件を起こして、網走署に捕まった」

「釧路で、事件なんか起こしていませんよ」

小柴が、思わず、大声を出した。七年前と全く同じような状況になってきたからだった。

「ここに、七年前の事件の調書がある。と、いっても、網走署で、あんたを取り調べた時の調書だがね。あんたは、七年前の二月、女性を連れて、釧路にやってきた」

「釧路湿原と、タンチョウを見に来たんです。観光ですよ」

「ところが、連れの女性が、行方不明になった。誘拐されたに違いないと、駐在所にいってきた。しかし、そのあと、突然、逃げ出した。多分、女に逃げられたとわかって、バツが悪くなったので、逃げたんだと私は思い、この事件は忘れてしまったのだが、その後、あんたは、網走で、傷害事件を起こして、逮捕されていたんだ。網走で、警官を殴った罪で、公務執行妨害で逮捕されていた。あの時暴れた男だと、網走署の刑事は、いっていたよ」

「あの時は、お互いに、誤解していたんですよ」

「どんな誤解だ？」

「彼女が消えてしまい、誘拐の恐れがあるから、すぐ、探して欲しいと、ここの駐在所に頼んだら、まるで、私が、彼女を殺して、死体を隠したみたいにいわれた。このままでは、殺人容疑で逮捕されると思って、釧網本線で逃げたんですよ。そうしたら、網走で、警官に挙動不審で捕まりそうになったので、殴って逃げたら、公務執行妨害で、捕まってしまったんですよ」

「今回は、逃げられないぞ。殺人事件で、被害者も見つかってるからね。どんな理由で、殺したんだ？」

「殺していませんよ」

「もう一度、最初からきくことにする。君は、四日前、レンタカーを、借りた。借りた理由は？」

「車で、釧路湿原を見て回りたかったからですよ」

「彼女と二人なので、車を借りて、自由に動きたかったんじゃないのか？」

「ひとりで、釧路に来たんです。女性と一緒じゃありません」

「レンタカーを使って、今日は、塘路に行き、それから？」

「カヌーを借りて、釧路湿原を、ゆっくり見て回ることにしたんです」

「本当は、暗くなってから、死体を塘路湖か釧路湿原に沈めるつもりで、カヌーに乗って、調べていたんじゃないのか？」

「違います。第一、私は、女性を殺してなんかいませんから」

「証明は、できるのか？」

「できませんよ。誰がいつ、死体を私の借りたレンタカーのトランクに、放り込んだのかも、わからないんですから」

「これで、二度目だな」

と、刑事の一人が、いった。

「何のことですか？」

「七年前の二月にも、君は、一緒にいた女が、消えたといって、騒いだ。七年後の今は、一緒にいた女性を、湖か湿原に沈めて、いなくなったから、探してくれと、警察に頼もうと思っていたら、その前に遺体が見つかってしまった。だから、二度目だといってるんだ」

「七年前と同じ、誤解ですよ。七年前だって、今日だって、私は、女性を殺していません」

「じゃあ、二人の女性について、ゆっくり考えてみようじゃないか。最初は、今日、遺体で発見された女性の方だ。名前は、坂口あや。二十九歳。東京青山にある『バラの花籠《はなかご》』というモデルクラブのモデルだ。ただ、一級のモデルではなくて、色々なパーティに、多数で呼ばれて、そのパーティを盛りあげるモデルだということだ。男関係は、かなり派手だというから、あんたもその中の一人だったんだろう」

「何回もいいますが、そのモデルも知らないし、モデルクラブも、知りませんよ」

「信じられないね。ところで、これは何だろう？」

刑事が、いきなり、万年筆を、小柴の前に置いた。

「万年筆でしょう。モンブランの万年筆ですよ」

「ところが、この万年筆には、ローマ字で、名前が、彫《ほ》ってある。何とあるのかね――」

と、刑事は、芝居じみた手つきで、取りあげると、

「ええと、K.Koshibaと彫ってある。これは、あんたの名前じゃないのか？」

「私の万年筆ですよ。どこにあったんですか？」

「坂口あやの上衣のポケットに、入っていたんだよ。もう一つ、これも、遺体の上衣のエリについていたんだよ」

今度は、一・五カラットのダイヤのついたバッジを刑事は、テーブルの上に置いた。

「よく見ると、あんたの上着のエリにも、全く同じデザインのものが、つけてあるね。仲がいいんだね」

「万年筆は、私の撮った写真が、賞を受けた時、貰ったものですよ。エリにつけるバッジは、行方不明になっている彼女が見つかったら、彼女のエリにつけてやろうと思って、つくったものでどちらも、私のマンションに、しまっておいたんですよ」

「それが、どうして、殺された坂口あやが、身につけていたんですかね？」

「そんなこと、わかりませんよ」

「上手く説明が、できないと、まずいことになりますよ」

　と、刑事は、脅した。

「弁護士に相談したい」

　と、小柴は、いった。

4

　翌日、大学の同窓で、現在、刑事事件専門の弁護士の若柳《わかやなぎ》豊《ゆたか》が、東京から来てくれた。

　小柴は、釧路警察署の中で、若柳に会った。

「逃げたい」

　と、小柴は、いきなり、若柳に、いった。

「君は、無実なんだろう？」

「もちろんだ」

「それなら、逃げる必要はない。私が、全力で君を弁護する」

「それが、駄目なんだ」

「何が、駄目なんだ？」

「おれは、二度も、犯人のワナに、かけられた。七年前と、今度とだ。だから、このままでは、裁判でも負ける可能性が、高い。おれとしては、逃げて、自分で犯人と闘いたいんだ」

「無理をいうな」

「刑事専門の弁護士になった時、危険があるので、自己防衛のために、小型のナイフを、いつも、持ち歩いてると、いっていたな。今も、そのナイフ、持っているのか？」

「ああ、誰にもいわないが、持っている」

「それを、私に渡してくれ」

「どうするんだ？」

「まず、逃げる」

小柴は、いきなり、手を伸ばして、若柳の上衣の内ポケットから、小型のナイフを奪い取った。

「悲鳴をあげろ！」

と、ナイフの刃を出して、それを、若柳の、喉に当てた。

「助けてくれ！」

と、若柳が、叫ぶ。

二人の刑事が、飛び込んできた。

「近づくと、弁護士を殺すぞ！」

小柴は、ナイフの先を、弁護士の喉に当てたまま、ゆっくり立ち上がった。

取調室を出る。

玄関に向かって、じりじりと、近づいていく。

「車で来たのか？」

小柴は若柳にきいた。

「釧路の法律事務所の所長を知っているので、運転手付きの彼の車に乗ってきた」

「では、その車で、逃げる。悪いが、途中まで、一緒に動いてもらう」

玄関から、飛び出した。

近くにとめてある車のリア・シートに転ぶように、飛び込んだ。

「早く車を出せ！」

小柴が、運転手に向かって、怒鳴った。

運転手が、思い切り強く、アクセルを、踏み込んだ。

二人を乗せた一五〇〇ＣＣのベンツは、猛烈な勢いで、飛び出した。

後方で、パトカーのけたたましいサイレンがきこえてきた。

捕まれば、万事休すである。

「急げ！」

と、小柴は、運転手にハッパをかけた。

「お客さん。警察に追われてるんですか？」

「余計なことはいわずに、アクセルを踏んでいろ！」

「何をやらかしたんですか？」

「警官をひとり殺したんだ」

「いやですよ。私は殺さないで下さいよ」

「そこを右に曲がれ！」

「突き当たりですよ」

「それでいいんだ」

運転手がいったように、車が突っ込んだ路地は、行き止まりだった。が、小柴は、予期していたように、車を降りると、

「悪かったな」

と、友人の若柳弁護士に謝り、突き当たりにあったラーメン店に入って行った。

「いらっしゃい」

と、声をかけてくる店主に、小柴は、千円札を一枚渡して、

「裏口を使わせてくれ」

と、いった。

「いいですよ」

店主が、うなずく。小柴は、ラーメンの匂いの中を奥に入り、裏口から外に出た。

狭い駐車場があり、軽自動車が、二台だけ、とめてあった。

その駐車場を、突っ切って、路地を抜けると大通りで、近くにバス停が見えた。バスが、小柴を追い越していく。小柴は、そのバスに乗ろうと、バス停に向かって駆け出した。

辛《かろ》うじて間に合って、飛び乗る。バスが動き出すと、遠くから、パトカーのサイレンが、けたたましく近づいてくる。

思わず、小柴は、座席で身体《からだ》を低くした。パトカーが、二台、バスを追い抜いていった。

小柴は、行き先もわからずに、バスに飛び乗ったのだが、落ち着いてから、帯広行きとわかった。

小柴は、終点の帯広まで行き、そこから、鉄道に乗りかえる道を選んだ。

しばらくは、身を隠すことにして、それなら小さな町より大都会の方がいいだろうと、考え、根室本線、函館本線を乗りついで、札幌に向かった。

夜おそく、札幌到着。釧路では、パトカーが走り回り、簡単に見つかってしまったが、札幌は、

さすがに大都会で、感覚的にも、隠れやすいという感じだった。

駅の構内で、遅い夕食をすませてから、地下鉄の駅に近い、ホテルを選んで、チェックインした。

ホテルに入ると、ここまで持ってきたカメラを、部屋のテーブルにのせ、今回の旅行で撮りまくった写真を、一枚ずつ、見ていった。

名所旧跡を撮った写真ではなく、観光客を撮りまくった写真の方である。

その写真を、一枚ずつ見ていく。そこに、小柴の探している顔が写っているかどうか、探すのだ。

彼女が、突然、彼の前から姿を消してから七年間、冬の二月に釧路にやってきて、観光客を撮りまくったが、その中に、小柴の探す人間は、見つからなかったのだ。

そして、今年である。

コマを送って、写真を調べていく。

今年も、探している顔は、見つからない。

もう一度、初めから、一コマずつ、見ていく。

その視線が、急に静止した。

今回の休暇の最初の日に、『ＳＬ冬の湿原号』に乗った。

その時に、駅や車内で、小柴は、観光客を撮りまくった。

その中の一コマに、ひとりの男が写っていた。茶色のダウンジャケットを着て、スキー帽をかぶっている。それに、濃いめのサングラス。特徴は、痩《や》せて、背が高いことだ。身長は一九〇センチはあるだろう。そのためか、少し猫背になっている。

同じ男を七年前にも、小柴は見ていた。七年前の二月、小柴は、彼女を連れて釧路に来て、釧網本線に乗ったり、バスで、釧路湿原の中を走ったりした。彼女が一番喜んだのは、カヌーの上から、釧路湿原に、タンチョウの親子を見つけた時だった。そのため、七年前の二月には、三日続けて、カヌーに乗った。

その間、気がつくと、あの男が近くにいた。

最初は、気にならなかった。が、彼女が突然、失踪したあと、あの男も姿を消し、気になってきたのだ。

その後の六年間、小柴は、失踪した彼女が、どこかに生きていて、自分を求めて、冬二月の釧路に現れるに違いないと信じて、毎年二月には一週間の休みを取って、釧路に来ていた。

しかし、六年の間、彼女は見つからなかったし、彼女につながるものも、見つからなかった。

そして、七年目の釧路で、やっと、彼女につながるものを見つけたのだ。

もちろん、まだ、この男が、失踪した彼女につながるかどうかは、わからない。

だが、七年の間、手掛かりを求め、写真を撮り続けて、ようやく見つかったのは、この背の高い男だけなのだ。

小柴は、翌日、市内のカメラ店に行き、男の写っている写真の中の三枚を、週刊誌大に引き伸ばしてもらった。

そのあと、コンビニに寄って、サンドイッチ、みかん、牛乳、おにぎりを買い、それを持って、ホテルに帰った。

今日は、ホテルの部屋に籠城するつもりだった。

三枚の写真を並べ、その写真から、写っている男について、わかることを、集めるつもりなのだ。

これが、シャーロック・ホームズなら、一枚の写真からだって、忽《たちま》ち、男の職業をはじめ、どんな生活を送ってきたかまで、推理してしまうのだが、小柴には、それほどの洞察力はない。

それでも、何か見つけたい。見つければ、行方不明の彼女に、少しは近づけると思うのだ。

小柴は、三枚の写真を並べて立てかけ、睨《にら》み返した。

まず、頭からだ。

きれいに、七三に分けている。背の高さや、顔立ちに、全く、その髪型は、似合っていない。今は、若者でも、中年でも、こんな髪型はやらないだろう。それに、髪の毛もかなり薄い。辛うじて、七三に分けている感じだ。普通なら、オールバックにするはずだし、理髪店や美容院に行けば、そろそろ、オールバックにした方がと、すすめられるはずである。毛が少ないのに、七三に分けると、毛の少なさが、より目立ってしまうからである。本人もわかっているはずだろうに、それでも、七三に分けているのは、この男の働く会社か事務所の社長か上役が、この髪型が好きなのに違いない。

次は顔だ。

平凡な特徴のない顔である。

ただ、三枚の中の一枚の写真では、男は、目を細めていた。遠くを見る時は、眼鏡は要らないが、急に、近くを見ようとすると、すぐには、焦点が合わず、自然に、目を細めてしまうのだろう。それにも拘《かかわ》らず、どの写真でも、男は眼鏡をかけていないのは、眼鏡が、必要なことは知られたくないのだろう。

或《あ》るいは、遠くを見る時は、眼鏡が必要ないので、いちいち、眼鏡をかけたり、外したりするのが、面倒なのかもしれない。いずれにしろ、細かいものを見る時は、この男は、眼鏡が必要なのだ。

次は、男の服装である。

茶色のダウンジャケットを着ているので、その下がわからない。

ただ、『冬の湿原号』の車内で、だるまストーブの近くにいる写真では、ダウンジャケットは、羽織るだけの格好なので、下の背広が、はっきり見えていた。

三つ揃《ぞろ》いの背広である。


きちんと、ネクタイをしめている。観光列車『SL冬の湿原号』の車内では、場違いの感じである。

多分、本人も、もっと、リラックスしたいのだろうが、彼を使っているボスが、服装や髪型にうるさいのだろうか。

それとも、本人が、古風なファッションが、好きなのか？

次に、小柴の目にとまったのは、男の右手首だった。

三枚の写真の中に、右手を突き上げているものがあった。

背の高い男なので、右手をあげると、指先が車両の天井に届くかどうか、試しているのか。

答えは見つからないが、そのポーズのせいで、右手首に数珠のようなものを、はめているのが、わかった。

茶色の珠《たま》をつないだ輪だが、数珠に比べると、珠が小さい。

同じものを、友人が、はめていたのを思い出した。

身につけていると、自然に健康になり、幸運がついてくるというやつだ。小柴も以前、友人からすすめられたが、断った。

その健康と幸運を呼ぶという腕輪だが、値段に比例して効能が決められているようで信用できなかったのだ。

それなのに、この男は、信じて、身につけている。意外に、こうしたものを信じる男なのかもしれない。


なおも、小柴は、写真の男を見つづけた。特に、背広が見えている写真を睨みつける。

胸に、白く細長いものがついている。バッジだ。

白い金属のうえに、黒いローマ字が並んでいる。

D・D・D

と、読める。三つのDは、何の略だろうか？すぐには、答えは見つからないが、三つのDが、この男が所属するグループを示しているのかもしれない。

確認作業に疲れて、小柴は眠りにおちた。

## 5

翌朝、目を覚ますと、友人の弁護士・若柳豊のケータイに電話した。

「おれだ」

と、いうと、

「ひどい奴《やつ》だな」

と、答えたが、声は、笑っていた。

あの逃走劇は、半分は、若柳も承知の八百長だったからだ。

「今、どこにいる？」

と、小柴が、きいた。

「まだ、釧路だ。君を逃がしてしまった責任があるんで、釧路警察署で、警察に協力して、君の悪口を、いいまくっている。そっちは、どこまで逃げた？」

「札幌だ」

「人ごみの中に、逃げ込んだか」

「君に会って、頼みたいことがある。ひとりで、札幌に来られないか？」

「何とか警察を誤魔化して、札幌に行くようにするが、あんまり私を、こき使うなよ」

「じゃあ、札幌に着いたら、おれのケータイにかけてくれよ」

と、いって、電話を切った。

昼になって、やっと、若柳から電話があった。

「今、札幌駅にいる。これから、どこへ行けばいい？」

「前に、札幌S町二丁目の『北の北』というカフェに二人で行ったことを覚えているか？」

「ああ、覚えている」

「そこで、今から一時間後の一時に会いたい」

「わかった」

電話が切れた。

小柴は、シャワーをあびて、しゃっきりしてからホテルを出た。

午後一時かっきりに、「北の北」というカフェに入った。

若柳が先に来ていた。

コーヒーと、ケーキを注文してから、小柴は、あの男の写っている写真三枚を、若柳の前においた。もちろん、名刺大に縮めたものである。

写真の裏には、写真を見て、気づいたことを、書きつけている。


「この男が、七年前の及川《おいかわ》ゆみが、消えた日にも、近くにいたし、九日前にも、『ＳＬ冬の湿原号』の中にいた」

「君のカメラに、おさまっていたのか？」

「おれは、毎年二月に、釧路に来ては、観光客を撮りまくった。七年目になって、やっと、むくわれたんだ。この男は、間違いなく、七年前の彼女の失踪と、三日前の殺人に関係しているはずだ」

「しかし、証拠はないんだろう？」

「だから、君を呼んだんだ」

「つまり、私に、証拠を見つけさせるつもりか？」

「すまないが、この男が、何者なのか、調べてもらいたいんだ」

「それから？」

「身元がわかった時点で、もう一度、会いたい」

「わかったが、もう一つ知りたいことがあるんじゃないか？　君が借りたレンタカーのトランクに入っていた女の遺体のことだ。彼女について、調べなくていいのか？」

「坂口あやという女だ。知っている女だよ」

「しかし、警察では、全く知らない女だと言い張っていたじゃないか」

「車のトランクで、彼女の遺体を見せられた瞬間、罠《わな》にはめられたと思った。だから、彼女のことは、知らぬ、存ぜぬで、押し通そうと決めたんだ」

「じゃあ、彼女の属している青山のモデルクラブも知っているのか？」

「うちの会社のコマーシャルで、あのモデルクラブのモデルを何回か使ったことがあるからね。坂口あやとは、二、三回、飲みに行ってる」

「なるほどね。確かに、犯人が君を罠にかけようとすれば、君の知っている女の遺体を使うだろうからね」

「そうだ」

「警視庁の十津川《とつがわ》も、心配しているよ。もちろん、刑事としてではなく、S大の友人としてだが」

「あいつには、迷惑をかけたくはない。私人じゃなく公人としては、猶更《なおさら》だ」

と、小柴は、いった。

「私からも、質問がある」

と、若柳が、いった。

「何でもきいてくれ」

「七年前に消えた及川ゆみのことだ。君は当然、彼女がまだ生きていると、信じているんだろう？」

若柳がいうと、小柴は、すぐには、返事をしなかった。間を置いてから、

「生きていると信じるからこそ、毎年二月に、釧路湿原にやってきていた。ただ、去年は少しばかり、自信がなくなっていた。彼女は死んでいて、永久に会えないんじゃないか。

おれは、空しいことを毎年、やっているんじゃないかと思う瞬間があった。それで諦《あきら》めてしまって、今年、釧路に来なかったら、一生、悔いを残すところだった。今年も来たおかげで、写真の男が現れたし、おれを、殺人犯に仕立てようとする罠にはめられかけた。諦めなくて良かったよ。これで、彼女は生きているという確信が持てたし、七年前の失踪が、人為的なものだとわかった」

「だが、不安でもあるよ。犯人の方にも、君を刑務所送りにして、犯人捜しを止めさせる必要が生まれたとも、考えられるからね」

と、若柳が、いった。

確かに、若柳のいう通りだと、小柴も、思った。七年前の彼女の失踪には、犯罪が絡んでいた。当然それに関係した犯人がいる。

犯人は、毎年、彼女を探しに釧路にやってくる小柴の前には、姿を現さず、姿を消していた。小柴が、探すのを諦めるまで、動かず、沈黙を守るつもりだったに違いない。

それが、今年になって、理由はわからないが、姿を隠したり、沈黙を守っていることが、できなくなったらしい。

そこで、彼女を探し続ける小柴を、殺人犯に仕

立てあげて、刑務所に送ろうとした。

「問題は、彼女だ」

と、小柴は、いった。

「おれは、彼女が、生きていると信じている。その前提で考えると、犯人が、今、彼女ではなく、おれの口を封じようとする理由は、いったい何だろう？　それとも、彼女も殺そうと考えているのだろうか？」

小柴は、自問するように、小声でいった。

「もし、犯人が、ひとりではなく、グループだったら、どうするんだ？　暴力集団だったら、君ひとりじゃ、勝てないぞ」

「だから、君を頼りにしている」

「弁護士は、口は達者だが、力はないぞ。相手が、暴力集団だったら、私では、役に立たない。となると、十津川を――」

「十津川を巻き込むのは、止めてくれ」

「そうか、ならその気持ちは、尊重するよ」

と、若柳は、いった。

若柳弁護士は、小柴とわかれると、すぐ、新千歳空港に急いだ。

何とか、一七時〇〇分の羽田行き全日空七二便に間に合った。

一八時四〇分に羽田に着くと、若柳は、空港から、十津川に電話をかけた。

「君が、予想した通りだった。小柴の敵が、姿を現したんだが、単独犯ではなく、グループだろう。小柴が撮った写真に写っていた男がいた。胸に小さなバッジをつけているんだが、Dを、三つ並べだ。危険なグループの中の一つが、胸につけているバッジたバッジだ。

「そうだ、デンジャラス、ドラッグ、そしてデスだ」

「そこで、今、羽田空港にいるが、一刻も早く会いたい。小柴は君にまで、迷惑が掛かるのを、嫌がっているが、私だけでは、どうすることもできない。やはり、刑事の君に、どうしたらいいか、相談に乗ってもらいたいと思って、いるんだ」

「相手が、犯罪集団なら、小柴の友人としてではなく、警視庁捜査一課の刑事として、動けそうだな」

「だから、少しでも早く、君に会い、相談したいんだよ」

　若柳は、午後九時に、新宿で会う場所を決めて、タクシーに乗った。

# 第二章　身代金一千万円

## *1*

午後九時、十津川は、北海道から戻ってきたばかりの若柳豊と、新宿のホテルの中にあるバーで会った。この時間、落ち着いて話せるのは、ホテルの中と考えたからである。

バーには、二人のほかに客の姿はなかった。バーテンにきくと、店は午後十一時までだというので、二人は、すぐ本題に入っていった。

「君に、何とかして、小柴を助けてもらいたいんだ」

若柳が、単刀直入に、いう。

「もちろん私だって、できることなら、そうしたいと思っている。しかし、私は、東京の警視庁の刑事だからね。公務員だ。いくら親友だからといっても、小柴一人のために勝手に動くことはできないよ」

「それはわかっているんだが――」

「幸いなことに、北海道警から、警視庁に、捜査協力の要請があった。レンタカーの中から死体となって発見された、坂口あやという女性についての捜査依頼だよ。彼女が、東京の青山のモデルクラブに所属していたモデルだということは、すでに、北海道警に報告してある。今度は、容疑者の小柴が逃走したので彼の逮捕についての協力要請も、北海道警から来ているんだ。私と小柴とが大学時代の友人であることは、北海道警も、すでにわかっている。だから、表だって、小柴を助けることはできないが、そのほかのことで、協力できるのではないかとは思っている」

「いったい、どんなことで、助けてくれるんだ？」

「小柴は『ＳＬ冬の湿原号』の車内や釧路湿原で、背の高い怪しい男を目撃しているといっているんだろう？　七年前、恋人の及川ゆみが失踪した時にも、その男を見かけたと、いっている。だから、私としては、この男が、いったい何者なのか、それを、突き止めることによって、北海道警に協力し、同時に、小柴の無実を証明できるんではないかと考えている。北海道警に知らせたところ、道警は、小柴が、本当のことをいっているのか、それとも、苦し紛れに、ウソをついているのか、判断しかねているようだからね。その怪しい男が、本当に、実在するのかどうかを調べてほしいと、こちらに、協力を要請してきているんだ」

「私はもちろん、小柴のいうことを、信用している」

と、若柳が、興奮した口調で続ける。

「問題は、小柴が写真に撮ったその中年男なんだ。小柴は、この男が、七年前に彼の恋人が失踪した時にも、自分の近くにいたといっている。年齢は四十歳から五十歳、身長は一九〇センチくらいの長身だ。痩《や》せ形で、一見するとサラリーマンのように見える。その男のいちばんの特徴は、Dが三つ並んだバッジを胸に、つけていることだ。その三つのDは、デンジャラス、ドラッグ、デスだと君はいっていたな」

若柳の言葉に、十津川が、笑った。

「いや、あれは、冗談だよ。そんな危険なグループに入っている男じゃないかという想像だよ。普通に考えれば、そんなふざけたバッジをつけているはずがないからね。そこで、調べてみたら、3Dの意味が、わかった」

「本当か？」

「うちの刑事が、Dが三つ並んだバッジを社章にしている会社を探し出したんだ」

「それで、問題のバッジをつけているのは、どんな会社なんだ？」

「今でも業界のトップを走っている会社で、特に七年前頃に、大いに注目を集めた会社だよ。3Dプリンターという機械を扱っているんだが、君も、3Dプリンターのことは知っているだろう？」

「ああ知っている」

「その会社は、『3D企画』という社名で、アメリカから、3Dプリンターを輸入販売している。そして、この会社自身も、3Dカメラというカメラを、製造して売っている」

「どこにある会社だ？」

「東京の秋葉原に、本社がある。その会社の社員は、問題のDを三つ並べたバッジをつけている」

「たしかに、君がいうように、七年ほど前に、3Dプリンターというのは、新しい産業のトップを、飾っていたね。誰もが3D、3Dと叫んでいた。

それを思い出したよ」

「もちろん、今でも３Ｄ産業というのは、新しい産業のトップを、走っているよ」

と、十津川が、いった。

七年前頃、誰もかれもが、３Ｄプリンターのことを口にしていた。十津川が、今でも鮮明に覚えているのは、アメリカでは、３Ｄプリンターを使えば簡単に拳銃が作れることが大きな話題となったことである。日本でも、同じように３Ｄプリンターを使えば、誰でも模造拳銃が作れることが、問題になったことがあった。あの頃、実際に拳銃を作った人間がいたのである。

その後、３Ｄプリンターの人気は、一時、下火になったが、依然として、将来の産業のトップを走ることは、間違いないと、十津川は思っていた。

明らかに新しい産業であると同時に、危険な産業でもあると、十津川は思っていた。

「これを見てくれ」

十津川は、背広のポケットから、一枚の写真を取り出すと、若柳の前に置いた。

「この写真は、今いった、東京の秋葉原に本社がある、３Ｄ企画という会社の社員が、胸につけているバッジを撮ったものだ。小柴が撮った写真の男が胸につけていたものと同じバッジだろう」

「たしかに、これを見る限り、同じバッジのようだね」

「そうなんだ。実物を、見比べたわけではないが、ほぼ同一のものと考えていいだろうと思っている」

「今、君がいった、３Ｄ企画という会社は、どのくらいの規模の、会社なんだ？」

と、若柳が、きく。

「資本金は二十億円で、従業員は約三百人だ。小さくはないが、大きな会社というわけでもない。典型的な中小企業だ。３Ｄ企画は、アメリカの３Ｄプリンターの製造会社と、取り引きがあって、現在アメリカから輸入されている３Ｄプリンターの四分の一は、この会社が、扱っているといわれている。われわれが調べた限りでは、怪しいところや問題になりそうなところは、まったく見られない。秋葉原に本社があって、そこで、アメリカから輸入した３Ｄ機械の展示販売を行っている。八王子にも会社があるが、そちらは３Ｄカメラの工場だ」

「社長は、どういう人間なんだ？　君は、社長に会ったことがあるのか？」

「会ったことはないが、社長は、江崎健四郎《えざきけんしろう》といって、五十二歳の、自衛隊出身の男だそうだ。十年ほど前、創業者の父親が引退して後をひきついだ。頭も切れて、周りの人間の評判も決して悪くない。この会社は、日本で初めて、３Ｄプリンターをアメリカから輸入し独自の設計で、３Ｄカメラを作っている。これが、江崎社長の自慢だといわれている」

「その３Ｄ企画という会社に、問題の男が在籍しているんだろうか？　身長が一九〇センチで、痩せ形、中年という男だ。七年前にも、この男を目撃していると、小柴は、いっているんだが」

「その点を、チェックしようと思って、刑事を一人、秋葉原に行かせて、この３Ｄ企画の本社に、勤めている社員の写真を、片っ端から撮らせている。しかし、今のところ、まだ、該当するような社員は見つかっていない」

と、十津川が、いった。

「それで、これから、どこを、調べるつもりなんだ？」

と、若柳が、きいた。

「明日、秋葉原の、この会社を訪ねて、江崎という社長に、会ってみようと思っている。北海道で起きた、殺人事件の捜査の一環としてね」

と、十津川が、いった。

「そうか。もし、何かわかったら、どんな小さなことでもいいから、すぐ、私に知らせてほしい」

と、若柳が、いった。

2

翌日の午前中、十津川は、亀井《かめい》刑事を連れて、秋葉原にある、３Ｄ企画の本社を訪ねた。

今のところ、北海道警の要請による捜査なので、警視庁としては、十津川と亀井の二人しか投入できないのである。

ＪＲ秋葉原駅にほど近い、真新しい十五階建てのビルの二階と三階に、問題の３Ｄ企画の、本社があった。

本社に勤務している社員は三十五人。二階が、アメリカから輸入した３Ｄプリンターの展示場になっていて、その奥には、この会社が製造、販売している３Ｄカメラが、誇らしげに飾られていた。

三階は事務所である。

事前に電話で、アポを取っておいたので、三階の受付に行き、名前と江崎社長と会う約束がある旨《むね》を告げると、待たされることもなく、十津川たちはすぐ、社長室へと通された。

社長の江崎は、年齢五十二歳だというが、背が高く、実際の年齢よりも若々しく見える。

十津川が、この会社の現状をきくと、江崎は、滔々《とうとう》と、３Ｄプリンターの将来についてしゃべり始めた。

「今でも、私は、３Ｄプリンターという機械は、将来の日本の産業を支えるものだと信じています。今まで日本の産業は、いわば職人芸で、まず初めに、作りたい機械の金型を作ります。日本の職人でなければ作れないような、正確で、しっかりとした金型を作っているので、日本の産業は、世界の最先端をいっていたのですが、３Ｄプリンターができたことで、金型は、まったく、必要なくなってしまいました。これを使えば、素人でも、まったく同じものが、作れてしまいますから、金型は必要ないのですよ。これからの自動車の設計、機械設計などには、金型が必要なくなり、３Ｄプリンターで、簡単にできることに、なってきますからね。今までのような、名人芸の職人さんは、いらなくなるのです。ウチの会社が、今、日本の産業の、先頭を切っているという自負が、あります。これを見て下さい」

江崎は、そういって、アメリカから先月輸入したばかりだという、最新鋭の３Ｄプリンターを持ってきて、自慢げに、十津川と亀井に披露した。

「この３Ｄプリンターの値段は、いくらだと思いますか？　十五万円ですよ。安いでしょう？　これなら、誰でも買えますよ。それでも、性能としては、何百万円もする大きな３Ｄプリンターと、ほとんど、変わらないんです」

　江崎が、誇らしげに、いう。

「たしか、七年ほど前だったと、思いますが、３Ｄプリンターが、日本でも大人気になって、ブームが起こりました。その時、アメリカでは、大学生が、３Ｄプリンターを使って拳銃を作り、それが大きな、社会問題になりました。その点について、江崎社長は、どう思われますか？」

　と、十津川が、きいた。

「もちろん、３Ｄプリンターというのは、大変優秀な機械ですから、拳銃くらいは、誰にでも簡単に作れますよ。しかし、ウチでは、そんなことはしません。あくまでも、平和利用だけを考えています」

「実は、社長に一つ、お願いしたいことがあるんですよ」

　と、十津川がいい、問題の男の写真を、江崎の前に置いた。

「この男性ですが、胸に、お宅の会社のバッジをつけています。３Ｄ企画の社員ではないかと、思っているのですが、この男性が３Ｄ企画の社員かどうかを、調べてもらえませんか。もし、社員なら、会わせていただけませんか？」

「この男が、何か法律に触れるようなことをしたんですか？」

　と、江崎が、きく。

「北海道で事件がありましてね。われわれは、参考人として、この男性に話をききたいと思っているのです。といっても、事件の容疑者ということではなくて、あくまでも、参考人としてです。もし、この男性が、こちらの会社の社員でしたら、われわれに会わせて下さい。彼を逮捕したいというような考えは、まったく、持っていません」

十津川は、江崎を安心させるように、いった。

「ウチの会社の社員は、この秋葉原の本社には、三十五人います。他に、八王子の工場には、全部で三百名弱の人間が在籍しています。ですから、社長の私でも、社員全部の顔を知っているというわけでは、ないのです。この写真の男も、私は初めて、見る顔ですから、今は、ウチの社員であるかどうかについては、何ともいえませんね。とにかく、人事の担当者に調べさせましょう。すぐには、回答できませんが、少なくとも今日中には、お答えできると思います」

と、江崎が、いった。

「わかりました。お返事をお待ちしています」

江崎に礼をいって、十津川は、いったん引き揚げることにした。

十津川が、捜査本部に戻ると、それを待っていたかのように、若柳から新宿で会いたいと、電話がかかってきた。

超高層ビルの三十二階にあるイタリア料理のレストランである。時々利用しているその店で、十津川は、若柳と会い、昼食を食べながら、３Ｄ企画の江崎社長に会ったことを話した。

「今のところ、江崎という社長にも、３Ｄ企画という会社にも、怪しいところは、見られない。例の男について、社員であるかどうか、人事担当者に調べさせ、今日の夕方六時までに、結果を、知らせると約束した」

　と、いい、続けて、

「それから、これを、江崎社長から、プレゼントされたよ」

　十津川は、３Ｄ企画の江崎社長にプレゼントされたものを、若柳に見せた。

「カメラじゃないか」

「ああ、そうだ。３Ｄ企画が、作っている３Ｄカメラだよ。現在、３Ｄカメラを、作っているのは、自分の会社だけだと、江崎社長は、盛んに、自慢していた」

　と、十津川が、いい、若柳は、そのカメラを手に取って、しげしげと、眺めながら、

「３Ｄ写真というと、私なんかは、例の色眼鏡をかけて、二枚の写真が立体的に見える、そんなものしか思い出せないのだが、このカメラは、色眼鏡は必要としないのか？」

「江崎社長は、裸眼で見ても、立体的に見えると、自慢げに説明していたよ。それで、先ほど、試しに、撮ってみたんだけどね、たしかに、色眼鏡をかけなくても一応立体的には見える。だが、しばらく見ていると、目が痛くなってきた。だから、立体カメラとしては、まだ不完全なものなんだよ」

　と、いって、十津川が、笑った。

　たしかに説明書を見ると、

「長時間見ていると、目が痛くなることがありま

す」

と、注意書きがあった。

「ところで、今、小柴は、どこにいて、何をしているんだ?」

と、今度は、十津川が、きいた。

「箱根《はこね》に、弁護士会が持っている、保養所があるんだが、冬場の今は、利用する人がほとんどいなくて、空き家の状態になっているんだ。小柴をそこに匿《かくま》っている。あそこなら、警察に見つかることはないだろう。小柴には、しばらくの間は、そこで、大人しくしてもらって、こちらからの連絡を、待つようにいっているんだが、北海道に行きたがって困っている」

と、若柳が、いう。

「どうして、北海道に、行きたがっているんだ?」

「七年前に、小柴の恋人だった及川ゆみが、行方不明になったのは北海道だったたし、今回、彼が、罠にかけられて、危うく、北海道警に、逮捕されそうになったのも、同じ北海道だからね。小柴にしてみれば、自分の無実を証明して、何とか、恋人の及川ゆみを見つけたい。そのためには、どうしても、北海道に行く必要がある。おそらく、小柴は、そんなふうに考えているんだろう。中でも、彼が重視しているのは、釧路湿原と、釧網本線だ」

と、若柳が、いった。

「そういえば」

と、十津川は、思い出しながら、いった。

「3D企画の社長室だが、北海道の写真が、パネルにして、飾ってあった。雪の中で、タンチョウヅルが、舞っている写真だ」

「その写真について、江崎という社長は、何かいっているのか？」

「自慢の３Ｄカメラを使って、北海道で撮った写真で、宣伝に使っていると、いっていた」

いろいろと、意見交換をしながらの昼食が終わり、コーヒーを飲んでいる時、十津川のケータイが、鳴った。

本多《ほんだ》一課長からだった。

「今、どこにいる？」

本多一課長が、いきなり、きく。

「新宿の西口で、友人と昼食を取っているところですが、何かありましたか？」

「新宿にいるのか。ちょうどいい。すぐ小田急線のホームに行ってくれ。そこで、男の遺体が、発見されたが、この男というのが、君がいっていた３Ｄバッジの中年男に似た外見なので、今から行って、それを、確認してくれ。すでに亀井刑事たち七人が、現場に向かっている」

と、本多一課長が、いった。

「わかりました。すぐに行きます」

と、十津川は、電話を切ってから、若柳を見て、

「どうやら、敵も、いよいよ本気で、乗り出してきたみたいだぞ。小柴が、釧路で撮った写真に写っていた、３Ｄバッジを付けている中年男性らしき人間が、小田急線の、新宿駅のホームで、死んでいたと、今、連絡があった。これから行って、確認してくる」

「それなら、私も一緒に行ってもいいか？　もち

ろん、警察の捜査の邪魔はしない」

と、若柳が、いった。

しかし、十津川は、若柳の同行を断り、一人で小田急線の新宿駅ホームに向かった。いくら友人で、弁護士だといっても、民間人の若柳を殺人現場に連れて行くことは、できない。

## 3

中年の男の死体が見つかったのは、地下にある小田急線新宿駅のホームである。そこは、箱根行きの特別急行が、出発するホームでもあった。

十津川がホームに入っていくと、すでに、到着していた亀井刑事たちが、彼を迎えた。

「問題の男は、このホームで遺体で発見され、現在、遺体は、駅長室に運ばれ、そこに、安置されています。どうやら、青酸中毒死ではないかと思われます」

と、亀井が、いう。

「とにかく遺体が見たい」

と、十津川が、いい、駅長室に、入っていった。

それほど広い駅長室ではない。そこに男の遺体が、置かれていた。

男の顔を、一目見るなり、十津川には、間違いなく、小柴が撮った写真の男であることがわかった。

年齢は四十歳から五十歳、痩せた長身の男である。薄い髪を、七三に分け、きちんと背広を着ている。そして、背広の胸には、バッジをつけていた。

（問題の男と考えて、間違いないだろう。しかし、どこかおかしい）

と、十津川は、思った。

今日の午前中、十津川は秋葉原で、３Ｄ企画の社長、江崎健四郎に会った。江崎社長も、そこで、働く社員たちも、胸に３Ｄのバッジをつけていたが、そのバッジと、今、遺体となって、十津川の目の前で横たわっている男がつけているバッジとは、どこかが、微妙に、違っているのだ。そのため、十津川は、どこかがおかしいと、感じたのだ。

十津川は、かがみ込んで、中年男の遺体に顔を近づけた。たしかに、アーモンドの臭いがする。亀井がいっていた通り、司法解剖の結果を待つまでもなく、明らかに、青酸中毒死である。

そばのテーブルの上には、彼の所持品が、並べてあった。

腕時計、携帯電話、財布（中身は二万八千円）、ハンカチ、小田急線新宿駅の入場券、キーホルダー、そして、運転免許証があり、そこにあった名前は、村上邦夫《むらかみくにお》、年齢は、四十五歳とある。

運転免許証にあった住所は、世田谷区下北沢《しもきたざわ》である。

しばらくすると、所轄の新宿署から、鑑識係がやって来て、遺体の指紋を採取したり、写真を、撮ったりし始めた。

十津川は、忙しそうに動いている鑑識係の一人を呼び止めると、

「被害者が持っていた、この駅の入場券だが、特に、指紋をしっかりと採っておいてくれ」

と、頼んだ。

その後、遺体は司法解剖のために、大学病院に運ばれていった。

遺体を見送ってから、十津川は、３Ｄ企画の社長、江崎健四郎に電話をかけた。

「小田急線の新宿駅のホームで、男が一人、死んでいるのが発見されました。事故では、ありません。おそらく、何者かに、殺されたのだと思います。その被害者ですが、今朝、そちらにお伺いした時、お宅の会社の社員かどうかを、調べていただきたいとお願いしておいた、その男でしょう。背広の胸に、お宅の会社の社章と思われるＤを三つ並べた、バッジをつけていたので、これが本物かどうかを、至急調べていただきたい」

「わかりました。松本《まつもと》という人事部長をすぐに、行かせましょう。小田急線の新宿駅ですね」

「そうです。小田急線の新宿駅です。お待ちしています」

四十分もすると、３Ｄ企画の松本という人事部長が、現場に到着した。

その人事部長に向かって、十津川は、死んでいた男が、背広の胸につけていた、問題のバッジを見せた。

「ホームで死んでいた男性が、背広の胸につけていたのが、このバッジです。これは、お宅の会社のものでしょうか？」

十津川が、きくと、松本人事部長は、そのバッジを手に取って、

「一見すると、ウチの会社のバッジのように見えますが、よく見ると、違いますね」

と、十津川が、予想していた答えを、口にした。

「どの辺りが、違っていますか？」

「全体的に見ると、雑に、作ってありますね。大きさとか、あるいは、Dというローマ字の作りだけ見れば、たしかに、ウチの会社のバッジと、同じように思えますが、重さが違います」

松本が、笑いながら、いった。

「これは、大事なことですので、念のために、もう一度おききしますが、今の松本さんの答えで、間違いありませんか？　似ているが本物の3D企画のバッジではない。そういうことですね？」

十津川が念を押した。

「ええ、そうです。このバッジと、私がつけているバッジを、比べてくだされば、その違いが、はっきりと、わかっていただけると思います。ウチのバッジは、一つ五万円もします。しかし、こちらのバッジは、せいぜい二千円か三千円といった程度のものでしょう。たぶん、こちらのバッジの素材は、アルミニウムですよ。軟らかいから、加工しやすいのです」

松本人事部長は、胸につけていた自分のバッジをはずすと、テーブルの上に、置かれているバッジに並べて置いた。

「実際に、触ってみると、違いがよくわかっていただけますよ」

と、松本が、いった。

たしかに、Dというローマ字の書体や大きさを見れば、二つのバッジは、まったく同じように見えて、それだけでは、見分けがつかない。

だが、実際に手で触ってみると、松本人事部長のバッジは、硬くて強い合金だが、死んだ男がつけていたものは、軽くて軟らかい感触だった。たしかに、人事部長がいっているように、アルミニウムで、作られている感じだった。

「それでは、改めておききしますが、つけていたバッジが本物ではないということは、お宅の会社の、社員ではないらしい。そう理解していいわけですね？」

と、十津川が、念を押した。

「今朝、十津川さんが、ウチにお見えになって、お帰りになられてから、社長命令で、写真の男が、ウチの社員の中にいるかどうかを、調べてみたのですよ」

「それで、結論は？」

「ウチの社員では、ありませんね。たしかに、つけているバッジはよく似ていますが、おそらく、細工のしやすいアルミニウムで作ったものではないかと、みんなで、話し合っていたのです。その回答を、十津川さんに、お伝えしようとしていた、ちょうどその時に、十津川さんの方から江崎に、電話があって、この小田急線のことを知らされて慌てて、こちらに来ました。これで、写真の男が、われわれの会社、３Ｄ企画の社員を、偽装していたニセ社員だということが、はっきりしました。江崎も、ホッとすると思いますよ」

と、松本が、いった。

松本との話をすませると、十津川は亀井を連れて、小田急線の下北沢に行き、問題の男、村上邦夫が住んでいたというマンションの部屋を調べてみることにした。

村上の住んでいたマンションは、意外に駅に近かった。世田谷通りの上町《かみまち》商店街の外れにある中古のマンションだった。

新宿駅で別れることになった弁護士の若柳が、十津川のケータイに電話を掛けてきた。

「どうだった？」

と、若柳が、きく。

「新宿駅ホームで、死んでいた男は、例の写真の男だと判明したよ。死因は青酸中毒死だ」

と、十津川は、答えた。

「問題の男が殺されるとは、思ってもみなかったな。このことは、一応、小柴にも知らせておくよ」

と、若柳はいった。

八階建てのマンションである。その最上階の八階の二ＤＫの部屋が、死んだ村上邦夫が、住んでいた部屋だった。

管理人に警察手帳を見せ、鍵を開けてもらう。

管理人は、村上邦夫が七年前から、このマンションに一人で住むようになっていて、結婚はしておらず、独身だが、たまに、若い女性が訪ねてくることがあったと、十津川に、いった。

村上邦夫の部屋に入って、まず最初に、十津川の目に飛び込んできたのは、リビングルームの棚に並べられていた、さまざまな種類の骨董品《こっとうひん》の多さだった。茶碗、皿、水飲み、あるいは、人形などが、ずらりと並んでいた。

亀井は、その一つ、いわゆる唐三彩《とうさんさい》といわれている馬の置き物を、手に取ったが、

「警部、これ、ニセモノですよ」

と、いった。

い」

「ええ、そうですよ。ちょっと持ってみて下さい」

「いやに軽いね」

「そうでしょう、やたらに、軽いでしょう？　おそらく、村上が自分で形を作り、自分で、色を塗ったニセモノだと思いますね」

と、亀井が、いった。

「こっちに、ニセモノの製造器機らしいものが置いてあるから、おそらく、これで、作ったのだろう。これは、３Ｄ企画がアメリカから輸入した３Ｄプリンターだ。これを使って作ったんだろう」

と、十津川が、いった。

村上邦夫の部屋にあった３Ｄプリンターは、秋葉原の３Ｄ企画本社を、訪ねた時、社長室で江崎社長が見せてくれた、十五万円の新しい、廉価な、３Ｄプリンターではなくて、かなり大きなものだった。おそらく、何年か前に、買ったのだろう。

部屋の中には、作りかけの人形も、何体か置いてあった。これから色付けをするつもりだったに違いない。

十津川は、管理人に、村上邦夫について、いろいろときくことにした。

「管理人さんは、村上さんが、どんな仕事をやっている人なのかは、知っていますか？」

「サラリーマンなんじゃないんですか？　仕事のことを、村上さんと、話をしたことはほとんど、ありませんが、私は、てっきり、サラリーマンだとばかり、思っていましたよ。毎日決まった時間に、出かけて、決まった時間に、帰ってきていたようですから」

「どういう会社で、どんな仕事をしているのか、村上さんは、あなたに、話したことはありますか？」

「細かいところまでは、わかりませんが、何でも、時代の最先端を行く会社だと、村上さんは、そんなふうにいって自慢していましたね」

「秋葉原に本社がある3D企画という会社だと、村上さんが、いったことは、ありませんか？」

「いや、そういう、具体的な会社の名前とか、どこにあるとかは、きいていませんが、面白い機械を見せてくれました。何でも、同じものを作ってしまう機械だ。この機械を、アメリカから輸入している会社だと、村上さんは、いっていましたね。でも、正確な会社の名前は、一度も、きいたことはないんです」

と、管理人は、いう。

「その機械というのは、もしかすると、これですか？」

と、十津川が、部屋の隅に、置いてある3Dプリンターを示すと、管理人は、ニッコリして、

「ああ、そうですよ。それです。その機械です。これを使って同じものを作るところを、村上さんに見せてもらったことがあります。これを使って作ると、本当にそっくりなものができてしまうんですよ。ただ、色付けが難しいと、村上さんは、そういっていましたけどね」

と、管理人が、いった。

「それから、村上さんの部屋を、女性が、時々、訪ねてきていたと、さっき、いいましたよね？」

「ええ、何回か、村上さんを訪ねてきていましたよ」

「もしかすると、その女性というのは、このどちらかの人では、ありませんか？」

十津川は、坂口あやと及川ゆみの二人の写真を取り出して、管理人に見せた。

管理人は、しばらくの間、二人の女性の写真を、見比べていたが、

「何回も顔を合わせたわけではないので、はっきりと覚えてはいませんが、こちらの女性に、似ています」

と、坂口あやの写真を指さした。

「証言ありがとう」

十津川は、管理人に、礼を、いった。

これで、小田急線の新宿駅のホームで死んでいた村上邦夫と、北海道の釧路湿原で車の中から遺体で見つかった坂口あやとが、結びついたと感じたからだった。

東京で、殺人事件が起きたので、十津川班が、正式に事件を捜査する任務を、与えられた。そのことを、まず電話で、若柳に、伝えた。

「これで、私たちの友人小柴敬介の無実が、証明されるな」

電話の向こうで、若柳が、声を弾ませている。

しかし、十津川は、あくまでも、冷静に、

「いや、そんなに、手放しで喜んでもいられないよ」

「どうして？」

「今でも、小柴敬介が、第一の容疑者であることに、変わりはないんだ。北海道警は、釧路湿原で

坂口あやを殺した容疑者として、今も小柴敬介の行方を追っているからね」

「しかし、小田急線の新宿駅のホームで男が死んでいた事件については、小柴には、アリバイがある。弁護士会が箱根に持っている保養所に、いたはずだからね」

と、若柳が、いった。

「しかし、それを、証明できる人間はいるのか？　誰かが、小柴と一緒に、そこにいたのか？」

「いや、今、小柴は、一人でいるはずだ。だから、証明できる人間は、残念ながら、いないと思う」

「それなら、今度の、青酸カリによる毒殺事件についても、小柴には、アリバイが、ないわけだろう？　逆に、小柴が、問題の男を、必死になって、探し回っていたことについて、多くの証言者がいる。小柴にとって、大変不利な証言だといわざるを得ない。だから、今後、事件を自分の手で、解決しようとして、一人で、動き回らない方がいい。小柴に、そう伝えてくれ」

と、十津川が、若柳に、忠告した。

「わかった」

「それで、小柴は今でも、箱根にいるのか？　それとも、君のそばに、いるのか？」

「それが、まずいことに、箱根の保養所から、姿を消してしまったんだ。どうやら、テレビでニュースを見て、小田急新宿駅ホームの事件を知ったらしい。それで、保養所を抜け出してどこかに行ってしまった。君がいうように、小柴は、自分の手で事件を解決しようとしているらしい」

と、若柳が、いった。

「小柴は、ケータイを持っていたね。それに、掛けてみたのか？」

「もちろん、掛けてみたが、話し中で繋がらないんだ」

「話し中？　小柴は、誰と話しているんだ？」

「わからないが、今回の事件の犯人かもしれない。犯人が小柴に接触しようとしているのかもしれない。あとで、もう一度、掛けてみる。小柴の居場所がわかったら、君にすぐ連絡するよ」

と、若柳は、十津川にいって、ケータイを切った。

その日の夕刻、若柳が、小柴のケータイに、もう一度、掛けようとすると、逆に、彼の方から電話してきた。

「今、どこにいるんだ？」

と、若柳が、きくと、小柴は、それには答えず、

「犯人から電話があった」

と、いう。若柳は驚いて、

「どんな電話だ？」

「七年前に行方不明になった及川ゆみが、今も生きているというんだ。彼女に会いたければ、三月一日までに一千万円用意しろといっている。そして、次の連絡を待てといってきた。どうしたらいいだろう？　一千万円などという大金を、私は持っていないんだ」

「本当に、犯人からの電話なのか？　それにしても、なぜ犯人は、君のケータイの番号を、知っているんだろう？」

「おそらく、彼女のケータイに、おれの電話番号が登録されているからに、違いない。その電話の

話では、彼女のことを、よく知っていた。おれとしては、どんなことをしてでも、彼女を助けたいし、彼女に会いたい」

「一千万円か」

「そうだ」

「十津川に、相談してみる」

と、若柳が、いうと、

「それは、駄目だ」

と、小柴が、答えた。

「どうして？」

「警察に知らせたら、彼女を殺すといわれた」

「それを信じるのか？」

「信じはしないが、彼女の命が、かかっているような気がするから、冒険はできないんだ」

「今日は、二月二十三日だったな」

「そうだ。犯人のいう三月一日まで、一週間ある。その間に、一千万円作れといってるんだよ」

「作れるのか？」

「おれが、警察に追われていなければ、何とかできる。例えば、芦花公園《ろかこうえん》のマンションは、七年前に、二千万円で買ったものだ。半額の一千万円なら、売れるだろうが、警察が張り込んでいるだろうから、出て行って、売却というわけにはいかないんだ」

と、小柴は、いう。

「芦花公園のマンションは、君のものなのか？」

「ああ、そうだ。あの頃、結婚するつもりで買っている」

「それなら、何とか一千万円を作れるかもしれない」

と、若柳が、いった。

「どうやって?」

「とにかく、私に委《まか》せろ。そうだ。三日後の二月二十六日に、もう一度、電話してくれ」

「多分、犯人は、三月一日よりも前に、一千万円ができたかときいてくると思う。その時に、大丈夫だといっていいのか?」

「大丈夫だ。私に委せてくれ」

と、若柳は、いった。

若柳は、すぐ、大学卒業後も、つき合ってきた親友たちに、電話して、集まってもらった。その中に、十津川は、わざと入れなかったが、四人が集まった。

その四人に向かって、もちろん、小柴が、警察に追われたことはいわず、ただ、彼が、急に一千万円が必要になって、困っているので、みんなで、彼を助けたい。丁度、五人なので、一人二百万円を出してくれないか。その保証は、芦花公園の小柴のマンションである。現在、彼が使っていないので、自由に見てくれていいと、四人に向かって、いった。

幸い、四人とも、生活に困っていないので、芦花公園のマンションを見るまでもなく、二百万円ずつ、出すことが、簡単に決まった。若柳も、二百万円出して、合計、一千万円である。

用意はできたが、問題は、犯人からの電話だった。

(本当に、一千万円で、七年前に行方不明になった及川ゆみが、帰ってくるのだろうか?)

# 第三章　釧網本線

## 1

三月一日の早朝、弁護士の若柳が、十津川に電話をしてきた。

というよりも、大学時代の親友が、十津川に電話をしてきたといった方が、適切かもしれない。

その電話の中で、若柳が、いった。

「今朝早く、小柴から電話があったんだ。小柴は、北海道に一人で行ったらしい。大至急、釧路に来てくれというんだ。理由をきくと、一言しかいわなかった。女性の生死が、かかっている。それだけだ。十津川にも来てほしいといっている。私と一緒に、行けるか？」

十津川は迷った。

十津川は現在、警視庁捜査一課の刑事である。休みの日であれば、勝手に動いても、構わないが、今は勤務中である。その勤務中に、いくら、一人の女性の生死がかかっているからといって、勝手に、釧路に行くわけにはいかなかった。

十津川が迷っていると、亀井が、声をかけてきた。

「行った方がいいですよ」

「カメさんは、どんなことなのか、わかっているのか？」

「警部の顔色を見ていれば、わかりますよ。大学時代の親友が、大変なことに、なっているんでしょう？　それなら行った方がいいですよ。行かないと、後悔することになりますから」

と、亀井が、いってくれた。

十津川は、一応、二日間の休暇願を出しておいて、若柳に会うために、羽田空港に急いだ。

出発ロビーに行くと、若柳は、先に着いていて、十津川の分の航空券まで、用意して待っていた。

二人はすぐ、釧路行きの飛行機に乗った。

飛行機の中で、十津川が、きいた。

「今回の事件の背景には、七年前の小柴の恋人の、失踪事件があるときいている。しかし、詳しいことを、私は、何も知らないんだ。もし、君が、知っているなら、釧路に着くまでに、簡単に話してくれないか？」

「簡単に話すのは難しいが、まあ、やってみよう」

と、若柳が、いう。

「ただ、この事件には、いまだに、よくわからない部分もある。それを、承知の上できいてくれ」

「わかった」

「七年前、日本に３Ｄブームが押し寄せてきていた。３Ｄ映画が次々に封切られたり、アメリカから、３Ｄプリンターが、輸入された。日本でも、大企業が３Ｄプリンターを、作り出したが、あまりにも、高価だったので、それを買おうという者は、ゼロに近かった。

その点、アメリカから輸入された、３Ｄプリンターは、値段の高いものもあったが、安いものもあって、多くの若者が、安い３Ｄプリンターを使って、自分の作りたいものを、作っていた。中には拳銃を作る者もいて、それが、大きな、社会問題になったりもした。そんな時に起きた失踪事件なんだよ」

「七年前といえば、たしか小柴は、その時、大東電気で研究開発を担当していたはずだね？　あの頃、大東電気は、アメリカから３Ｄプリンターを輸入していたんじゃなかったかな？」

十津川が、きいた。

「ああ、その通りだ。小柴は、大東電気の社員で、研究室で、３Ｄカメラの開発を担当していた。七年前に失踪した及川ゆみの方は、３Ｄカメラのモデルをやっていて、魔法のような３Ｄカメラだと宣伝していた。一、二度、会ったことはあるが、彼女は、頭がよくて、その上、美人でね。小柴の恋人だと、私は、思っていた」

「３Ｄ映画は、今もあるし、３Ｄプリンターも、安くて、いいものが出てきている。ところが、３Ｄカメラの方は、最近あまり見られなくなってしまったね。今は、３Ｄカメラは、どのくらい作られているのかね？」

「現在も３Ｄカメラを作っている会社があるが、販売されたものはとても、画期的なカメラとはいえない代物でね。第一、その３Ｄカメラで撮ったネガを、立体的に見ようとすれば、今でも昔のように、色つきの眼鏡を、かけなければならないんだ。それに、レンズが二ついていて、二つのレンズを、少しずらして、同じ対象物を写すようになっている。そのズレのせいで、何とか立体的に、見えるわけだから、本当の立体とはとてもいえないんだよ。それに、この3Dカメラを使っていると、目が痛くなってくるので、製造販売を禁止しようという動きすら、出ているんだ。小柴の恋人でモデルの及川ゆみという女性だがね、七年前に、誘拐されたままで、今も、その行方が、わからないわけだろう？」

「その通りだ。だから、当時、大きなニュースになったんだが、今は、ほとんど忘れられている。先日、君が、大学時代の友人を集めて、一千万円の金が必要だといって、みんなで、金を出し合ったというじゃないか？　小柴から急に、君に、電話があったのは、そのことと関係があるのかな？」

「もちろん、釧路に、来てくれというのだから、関係があるとしか思えないよ。だから、みんなが出し合った、一千万円をボストンバッグに入れて、持ってきているんだ。ただ、そのお金を、どうするのかわからないんだ」

と、若柳が、いった。

2

釧路空港には小柴が来ていて、二人の到着を待っていた。

疲れた、表情をしていた。

「何があったんだ？」

と、若柳が、小柴に、きくと、

「及川ゆみを、誘拐したと称する男から、電話があったんだ」

と、小柴が、いった。

「前にも電話があったんだろう？　一千万円出せば、及川ゆみを、返してやるという電話だよ」

「ああ、今回電話をしてきたのは、同じ男だと思う」

「それで、相手は、君に、直接、取り引きを申し出てきたのか？」

「てっきり、そうかと思ったのだが、違うんだ」

「違う？」

「犯人は、一千万円を持って、三月三日の釧路九時三分発の『快速しれとこ』に乗れと指示してきた。その車内で一千万円と引き換えに、彼女を解放するといっている」

と、小柴が、いった。

小柴は、その『快速しれとこ』の時刻表をコピーしたものを、十津川と若柳に渡した。

釧路発九時〇三分の『快速しれとこ』は、終着の網走には、一一時五八分に着く。

時刻表を、見ていくと、この『しれとこ』は、明らかに、観光のための列車である。釧路湿原も通るし、摩周湖の駅、摩周も通る。さらに、知床を通り、終点の網走着は、一一時五八分である。

その間、二時間五十五分。

「犯人は、その間に、君から一千万円を受け取って、誘拐している及川ゆみを、返すといっているのか？」

十津川が、念を押した。

「詳しくはいわないのだが、とにかく、一千万円を持って、釧路を、午前九時三分に出発する『快速しれとこ』に乗れといわれた。途中で犯人に、一千万円を渡せば、及川ゆみを返すつもりなのだろう。おれは、そう、理解している」

「少しおかしいな」

と、十津川が、いった。

「どこがおかしいんだ？」

と、弁護士の若柳が、きく。

「今から七年前に、君と及川ゆみの二人で釧路にやって来て、彼女が、突然、姿を消してしまった。そうだよね？　しかし、誘拐かどうかは、わからないんだろう？」

「おれは、及川ゆみがいなくなった瞬間から、これは、間違いなく誘拐事件だと思っていたが、地元の警察は、そうとは、考えなかった。彼女は、君から逃げたんじゃないのかと、そんな、皮肉までいわれたよ」

「たしかに、誘拐なら、犯人から身代金要求の電話がかかってくるものだが、それもなかったし、連絡のないまま七年も、経《た》ってしまった。それなのに、犯人は今度、普通というとおかしいが、よくある誘拐事件と、同じような要求をしてきたんだ。一千万円の身代金を持って、釧網本線の快速に乗れとね。身代金を払えば、人質を返すというんだ。これは、完全に普通の誘拐事件だ」

と、小柴に、いった。

「犯人の出方を、いったいどう考えたらいいんだ？」

と、若柳が、いった。

「ひょっとすると、七年前に失踪した及川ゆみは、すでに、死んでいるのかもしれないぞ。それでも、彼女を人質に取っているといえば、君は、彼女を助けようとして、間違いなく一千万円を出すだろうと、犯人は、読んだんだ。そこで、平凡な、誘拐事件を演出することにした。君は、誘拐事件だと判断して、いわれた通り、一千万円の身代金を払う。そうすれば、七年ぶりに彼女が帰ってくると思っている」

十津川の話を聞くうちに、少しばかり、小柴の顔色が変わった。

それを見て、弁護士の若柳が、

「おい、縁起でもないことをいうなよ」

と、十津川を叱った。

「小柴は、七年前に失踪した及川ゆみが、今でも生きていると、信じているんだ。だから、みんなで、一千万円を作った。その一千万円と、引き換えに、彼女を取り戻すつもりなんだ」

と、若柳が、いう。

「今のは、刑事としての私の意見だよ。もちろん若柳がいったように、及川ゆみが生きていて、彼女を利用して、犯人が、一千万円を、手に入れようとしているのかもしれない。七年間、監禁していたが、今回、その必要がなくなったので、金と引き換えることで、解放しようということになったとも、考えられる。もし、それなら、普通の身代金を目的にした誘拐事件と同じで、身代金さえ払えば、人質は、帰ってくる」

と、十津川が、いった。

犯人が指定してきた日にちは三月三日、午前九時〇三分釧路発の『快速しれとこ』である。それまでには一日の余裕があるので、三人は、釧路の町に戻り、駅近くのホテルにチェックインした。

## 3

ホテルでも議論が続いた。

「七年前の状況について、もう少し、詳しく話をしてくれると助かるんだがね。当時から、私は、警視庁の刑事だったが、捜査一課だから、経済事件を扱ったことはないんだ。従って、3D映画や3Dプリンターのことはよく知らないし、まして3Dカメラのことなど、全く知らないんだ。だから、君たちが、少しでも、知っていれば、話してもらいたいんだよ」

と、十津川が、二人に、いった。

「いちばんよく、知っているのは小柴だ。だから、君が、自分の知っている3Dカメラについて、十津川に話してやってくれ」

と、若柳が、小柴に、いった。

小柴は、コーヒーを、一口飲んでから、ゆっくりと、話し始めた。

「3D映画は、傑作が、アメリカからやって来て、人気を博していた。3Dプリンターの方は、高価な日本製のものがあったが、安いものは、アメリカから、どっと輸入されてきた。アメリカには、この3Dプリンターを使って、拳銃を作る人間が何人もいて問題になっている。日本でも、二、三人が輸入した3Dプリンターで、拳銃を作ったが、それが、使用されたことはなかった。3D映画の方は、日本でも、作っている。3Dプリンターは、高いものは日本でも作られているが、安いものは、ほとんどがアメリカ製で、中には、中国製のものもあった。今、３Ｄ映画や3Ｄプリンターに関連して、日本で、事件が起こることは考えにくい。七年前頃、日本で問題になったのが3Ｄカメラだった。七年前から開発状況は、今とほとんど同じだ。今は、３Ｄカメラは、以前ほどの、熱気はない。ただ、七年前に、ある事件があった」

「事件？」

「ああ、そうだ。突然、画期的な、３Ｄカメラが、登場したんだ。３Ｄカメラに関わっていた人間にとって、大きなショックだった。当時、３Ｄプリンターは、優秀なものができていたが、３Ｄカメラの方は、安物しか作られてはいなかった。おれが働いていた大東電気では、社長が、３Ｄカメラを製作して、それを、日本だけではなく、世界中で売りまくることを考えていた。

　しかし、３Ｄカメラは、何十万円、何百万円もするような高価なものを作っても、売れることは考えにくいので、値段は、せいぜい五万円止まり。その値段で製作、販売を考えていたのだが、結局、安くて優秀なものは、作れなかった。簡単な３Ｄカメラは作れたがね。

　とにかく、レンズが二つあって、少しずれて、同じものを撮影する。二重になったフィルムを、通せば、少しは立体的に見える。しかも、色つきの眼鏡をかけなければ、立体には見えない。一応、大東電気は、日本初の３Ｄカメラということで売り出したんだが、売れ行きは、かんばしくはなかった。何しろ、その３Ｄカメラの入っている箱には『レンズを通して十分間ほど対象物を見ていると、目が痛くなることがあります』という注意書きがあるんだからね。

　ところが、同じ七年前頃、突然、画期的な３Ｄカメラが作られたというニュースが、流れたんだ。それも、日本の優秀な技術者が、一人だけで、作り上げたというんだよ。会社の名前は、３Ｄ森田。森田は、その発明者で、社長の名前だろう。そして、その３Ｄカメラで、撮ったという短いフィルムが出回ってきた。それは、問題の３Ｄカメラを使って、撮ったという東京と北海道の景色だった。

　そのフィルムを見て、おれは、愕然《がくぜん》とした。変な色眼鏡をかけなくても、立体的に見えたからだ。それはもう、完全な立体なんだ。フィルムの中に、当時、モデルをやっていた及川ゆみが、写っていた。もちろん彼女は、そのフィルムの中で、立ち上がったり、跳躍したり、手を差し伸べたりしている。そのいずれもが、全くの、完全な立体だったんだ」

「しかし、今度の事件で、知ったのだが、大東電気と３Ｄ企画という二つの会社が秋葉原にあって、そこで、３Ｄカメラを作って、販売しているというんだが、今、君がいった幻の３Ｄカメラが、あったという話や、その会社が３Ｄ森田と名乗っていたことは、知らなかった」

「七年前に、及川ゆみが失踪した事件、それと関係があるのかどうかは、わからないのだが、３Ｄカメラで写した十メートルのフィルムが、突然、行き先が、わからなくなってしまったことがあった。それと同時に、問題の３Ｄカメラを作った、技術者一人の会社、３Ｄ森田も、会社自体が、消えてしまったんだ。完全に個人の会社で、六本木の超高層マンションの一室に、あったのだが、ある日突然、会社そのものも、技術者も消えてしまったんだ。それをいいことにして、幻の３Ｄカメラよりさらに優秀だと自慢するカメラも出回ったが、いずれも、チャチなもので、おれにいわせれば、ただのオモチャだよ」

「君は、問題の十メートルのフィルムを見たのか？」

「希望すると送られてきたから、見た。これこそ、完全な、３Ｄカメラで撮ったフィルムだと、思ったよ。もちろん、色つき眼鏡なんか必要ない。そのフィルムを写せば、そこに写し出されるのは、完全な３Ｄの世界だった」

「それで、そのフィルムを、今でも、君は持っているのか？」

「いや、３Ｄ森田が、宣伝用に作ったものだから、返したよ。そのフィルムを、自分も見たいと希望する人たちが、多かったそうだ」

「その優秀な３Ｄカメラを設計し、製造した森田というのは、いったい、どんな人間なんだ？　森田というのは？」

と、若柳が、きいた。

「実は、おれも、一度も、会ったことはなくて、この森田某が、七年前の及川ゆみの失踪に関係あるのかどうかは、今のおれにはわからない。ただ、森田という技術者が、自分が発明した、３Ｄカメラで撮った日本の風景の中に、及川ゆみが、写っていたことは間違いない。今のところ、わかっているのは、それぐらいなんだ」

「優秀な３Ｄカメラのようだが、売り出すことになっていたのか、それとも、すでに、販売されていたのか？」

と、十津川が、きいた。

「いや、まだ売られてはいなかった。一台だけしか完成していなくて、その3Dカメラを持って、森田は、日本の風景を撮りまくり、そのフィルムを宣伝に使っていた。そこまではわかっているんだが、それから、先については、全くわからないんだ。完全な3Dカメラを作った森田某がその後は、どうなったか？　今でも、生きているのか？　彼が作った本物の3Dカメラは、今どこにあるのか？　研究が進み、さらに優れた、3Dカメラが、作られたのか？　そうした全てのことが、何一つわからないんだ。

だから、なおさら、知りたいことだらけなんだよ。七年前の及川ゆみの失踪事件と今回の、身代金要求、おれが驚いた、本物の3Dカメラと、その発明者、そうしたものが、全て関係し合っているのか、それとも、全く関係がないのか、それを知りたいんだよ」

と、小柴が、いった。

「関係があれば、面白いな」

十津川が、ぽつりと、いった。

翌日二日は、三人とも、自由行動をすることになった。十津川は、亀井に電話し、留守中に起こった事件などの報告を受け、弁護士の若柳は、東京の事務所に連絡を取り、小柴も、大東電気の部下から研究開発の経過を聞いて、一日を過ごした。

## 4

三月三日、快晴である。

北海道は、三月になっても猛吹雪に、襲われることがある。何しろ、四月になっても、吹雪《ふぶ》くことがあるのが、北海道なのだ。だから、三月三日の晴天は、この時期としては、珍しかった。

釧路市内のホテルで、三人は、早朝に目を覚ました。

食堂で三人で、朝食を食べていると、小柴のケータイに、犯人から、電話が入った。

「先日も指示したように、今日、間違いなく、午前九時三分釧路発の『快速しれとこ』に乗れ。もし、この指示に逆らえば、及川ゆみとは、永久に会えなくなるぞ。そのことをよく覚えておけ」

男の声が、脅かすように、いった。

三人は、それぞれ、緊張した表情で、釧路駅に向かった。十津川にしても、今度の事件に、関係するようになってから、今日は、いちばん緊張した気持ちだった。

見慣れた、といっても、まだ二回しか見ていないのだが、地下一階、地上五階の、いわゆる民衆駅といわれた釧路駅である。できてから五十年経っているというが、オシャレなカフェもあれば、レストランもある。そば屋もあるし、土産物を売っている店もある。そして、旅行案内所もある。

ホームには、まだ、犯人の指定した『快速しれとこ』は、入っていなかった。

「釧網本線というのは、釧路と網走の間百六十六・二キロメートルをつないでいる路線なんだが、駅が二十七あって、そのうちの二十一駅までが、無人駅だそうだ」

と、弁護士の若柳が、いった。

「君は、どうして、そんなことを、知っているんだ？」

と、小柴が、きく。

若柳は、小さく笑って、

「実は、君たちには黙って、昨日ホテルを抜け出して、釧網本線に乗ってみたんだ。どんな場所が、あるいは、どの駅が危険なのか、犯人が、仕掛けてくるとすれば、どの辺りか、それが知りたくて、君たちには黙って、勝手に動いてしまった」

それをきいて、今度は、十津川が、クスリと笑って、

「実は、私も、昨日早朝、ホテルを、抜け出して、この釧網本線を、往復してみたんだ。少しでも、犯人の動きを、予想してみたくてね。それで、わかったんだが、釧網本線というのは、完全な、観光路線だね。終点の網走も、こちらの始発駅の釧路も、観光都市だ。そのほか、百六十六・二キロの周辺には、釧路湿原があるし、摩周湖もある。さらに途中で降りれば、カヌーを操って釧路川を、往復することもできる。運がよければ、列車の中から、タンチョウヅルやエゾシカを見ることもできる。昨日は、運がいいことに、キタキツネを見ることができたよ。若柳がいったように、ほとんどの駅が、無人駅だから、犯人がその駅にいても、彼を、駅員が見とがめるということはないと思うし、安心して、私たちを迎えるだろう。そんな気

がした」

「これは釧路駅で、駅員から聞いたんだが、釧網本線というのは、本来は、網走が始発駅で、今、われわれがいる、釧路駅は終点らしい。だから、網走発釧路行きの方が、下りなんだ。今度、われわれが乗ることになっている『快速しれとこ』は、上りの、列車ということになってくる」

若柳が、いった。

「そうなのか、君たち昨日、おれに黙って、この釧路駅に来て、釧網本線に、乗ってみたのか」

と、小柴が、笑った。

「そうなんだ。君たちを、誘おうかとも思ったのだが、疲れているだろうと思って、私は一人で、釧網本線に、乗ってくることにしたんだ。ところが、何のことはない、若柳も、私と同じ気持ちで、抜け駆けをしたんだな。別に悪い意味での、抜け駆けじゃないが」

と、十津川が、いった。

しばらくすると、『快速しれとこ』が、ホームに、入ってきた。

釧路駅はどのホームも、長さが二百メートル以上もある。以前は、九両連結の特急や急行が走っていて、この釧路駅にも入ってきていたから、自然に、ホームも長くなったらしい。

だが今では、この釧路駅は、都会の駅なのに、学生やサラリーマンが乗る、いわゆる通勤・通学駅というよりは、いつも、観光の人たちがいる観光駅だ。

そのため、釧網本線には、急行も特急も走っていない。冬の間だけ、ＳＬ列車が走っているが、これも全て、観光列車である。

その上、単線で、非電化だから、季節列車を除くと、『快速しれとこ』が一往復するだけで、あとの列車は、全て、観光客を運ぶ普通列車である。

今ホームに入ってきた『快速しれとこ』にしても、九両連結どころか、今目の前に見えるのは、二両連結の、観光列車だった。

十津川から見れば、二両連結でも小さく見えるのだが、観光客が少ない時は、おそらく一両だけで釧網本線を走っているのだろう。

乗客の数は、少なく、三人でゆっくりと向かい合って、腰を下ろすことができた。

若柳が、車内を、ぐるっと見回してから、

「そうなんだ。釧網本線の場合は、本州や九州とは違って、観光のピークが真冬になるんだ。だから、真冬には、SL列車を走らせたりしているが、今日はもう三月だから、そのSL列車も、走っていない。ヘタをすると、この釧網本線は、ゴールデンウィークが、いちばん、空《す》いている路線なんじゃないかな」

少しおどけた感じで、笑った。

その笑い声に合わせるように、『快速しれとこ』が釧路駅を、発車した。

「若柳が、君に渡した一千万円は持ってきたか？」

と、十津川が、小柴に、きいた。

小柴は、ひざの上に乗せているボストンバッグを、軽く叩いてから、

「ああ、大丈夫だ。若柳や親友たちが、調達してくれた大切な金だ。ちゃんと、持ってきているか

ら心配するな」

「できれば、犯人の、要求通りに、一千万円を渡してほしいんだ」

と、十津川が、いった。

「刑事なら、最初に考えるのは、犯人の逮捕じゃないのか？」

「もちろん、犯人を逮捕できれば、それがいちばんだ。それは、人質の安全を確保した上にだと、思っている。しかし、君だって、犯人の心当たりはないんだろう？　身代金を渡さずに、犯人を、逮捕しようと考えたりすると、犯人を取り逃がしてしまうことになる。そうなったら、犯人の手がかりも、七年前に、失踪した及川ゆみの消息も、つかめなくなってしまう。そんなことになってしまうくらいなら、犯人に一千万円を、渡した方がいい」

と、十津川が、いった。

「わかった。おれは、何よりも、七年間、どこにいるのかわからなかった及川ゆみを助け出したい。それが、いちばんの願いだ」

と、小柴が、いった。

釧網本線は、無人駅が多いので、そのどこに、犯人や不審者がいても、誰も見ていないわけである。

十津川は、そのほか、駅間の距離も聞いてきた。その結果、いちばん、距離が短いのは一・四キロ、いちばん距離が長いのは、十四・四キロであることがわかった。

身代金を受け取る時、犯人は、そのどちらを選ぶだろうか？

十津川たちが乗った列車は『快速しれとこ』だから、途中の二十五駅全部に停まるというわけではない。

一時間ほど走ってから、『快速しれとこ』は一〇時〇二分、磯分内《いそぶんない》駅に到着した。

ここも無人駅で、人の気配のないホームには、白い三角屋根の可愛《かわい》らしい駅舎が立っていた。

その駅舎を見ていた時、小柴のケータイが、鳴った。

それと同時に、列車が駅を離れた。

小柴が、電話に出ると、

「ちゃんと時間通りに『快速しれとこ』に乗ったか？」

男の声が、きいた。

「ああ、乗っているよ」

「刑事も一緒だな？　正直にいえ」

「ああ、一緒だ。これからどうしたらいい？　教えてくれ」

目の前に、緊張した顔で座っている二人にも聞こえるように、わざと大きな声を出した。

「『しれとこ』は快速だから、次の南弟子屈《みなみてしかが》駅には、停まらない。今度停まるのは、その次の摩周駅だ。そこで、列車が南弟子屈駅にさしかかったら、一千万円の入ったボストンバッグを、窓から、ホームに向かって投げるんだ。君が投げたボストンバッグの中に、しっかり一千万円が入っているのを確認したら、及川ゆみを解放して、おれは、姿を消すことにする。君は、摩周駅に着いたら、そこから南弟子屈駅に戻ってこい。駅のどこかに、及川ゆみを置いておくから、確認すればいい」

と、男は、いった後で、

「念のためにいっておくが、もし、一千万円を渡さなかった場合は、君は、二度と、彼女に会えなくなる。それだけは覚悟しておけ」

いいたいことだけいうと、男は電話を切った。

すぐに、次の南弟子屈駅が、十津川たちの視界に入ってきた。

南弟子屈駅も無人駅で、ホームに立つ駅舎は、貨車を青く塗ってホームに置いたものだった。

列車がホームに近づき、少しばかりスピードを落とした感じで、南弟子屈駅を通過しようとしたその時、青い駅舎の前に、大きなマスクをつけ、サングラスをかけた男と、帽子を深くかぶった女が立っているのが見えた。小柴はあわてて、一千万円の入ったボストンバッグを思いっきり、放り投げた。

しかし、その二人が、誰かを確認できないうちに、列車は、あっという間に南弟子屈駅を、通過してしまった。

次の摩周駅着は一〇時一六分である。

三つの駅の間隔は、それぞれ、六・五キロ、八・二キロで、釧網本線では、平均的な距離である。

一刻も早く、この列車を降りて、南弟子屈駅に引き返したい。

そういう思いで、三人は座席を離れて、列車の乗降口に走っていった。

一〇時一六分、時刻表通りに、列車は摩周駅に到着した。

摩周湖、阿寒湖の最寄りの駅だけに駅舎も大きく、駅員もいる。

ホームに見えた駅舎は、北欧の物語に出てくるような、可愛らしいが、かなり大きなメルヘンチックな、駅舎である。

この駅は無人駅ではないので、列車の到着に合わせるようにして、駅員が、ホームに出ていた。

三人は、ホームに飛びおり、十津川が駅員に向かって、

「タクシーありますか？」

と、きいた。

「タクシーは、電話で呼ばないと来ませんが、どうされますか？　呼びますか？」

と、駅員が、いう。

十津川は、その駅員に、警察手帳を見せてから、

「とにかく、今すぐ一つ手前の南弟子屈駅に、行きたいんです。タクシーでなくても、どなたかの車でも、何でも構いません。急いでいるんです。何とか、なりませんか？」

駅員は、ちょっと考えていたが、

「おそらく、タクシーを呼んでもすぐには来ないと、思います。お急ぎでしたら、私の車が、ありますから、お送りしましょう」

と、いってくれた
三人は、その駅員の軽自動車に、飛び乗った。

摩周駅には、駅員が二人いたので、助かったのだ。

南弟子屈駅に着くと三人は、運転してくれた駅員に礼をいう余裕もなく、すぐに車から飛びおりて、ホームに駆《か》けあがった。

男の姿は消え、女だけが、駅舎に寄りかかって

いた。

小柴が、女の手をつかみ、その顔をのぞき込むようにして、

「小柴だ。及川さん、覚えていませんか？　七年前、あなたと一緒に釧路湿原に来た小柴敬介です。あの時、あなたは、突然、消えてしまった。そのことを、覚えていませんか？」

早口で、問いかける。

女は、小柴の顔を見たあと、小さく顔を、横に振って、

「何も覚えていないんです。ごめんなさい」

と、いう。

「どうしたらいい？」

小柴が、困ったような顔で、十津川を見、弁護士の若柳を見た。

「とにかく、釧路に戻って、及川さんを、病院で診てもらったらどうだ？　ここにいたら落ち着かないよ」

と、若柳が、いった。

「若柳のいう通りだ。私も、そうすべきだと思う。ゆっくりと、落ち着いたら、彼女もいろいろと、話してくれるんじゃないか」

と、十津川も、いった。

三人は、及川ゆみを連れてもう一度、駅員の車に乗って、摩周駅に戻り、そこから、今度は下りの列車に乗って、釧路の町に、戻ることにした。

5

釧路に戻ると、小柴は、及川ゆみを、釧路でい

ちばん大きな、病院に連れていった。

十津川と若柳も一緒に、病院に行ったが、診察の間は、小柴が、付き添うことになったので、二人は、一階の待合室で、待つことにした。

大きな病院なので、一階には、カフェもあった。十津川と若柳は、そこで、コーヒーを飲みながら、診察の結果が、出るのを待った。

「とにかく、彼女が無事に戻ってきてよかったよ」

と、十津川が、いった。

「たしかに、その通りだが、まだ三十歳に、なったばかりだろう？」

「ああ、そのはずだ」

「それなのに、かなり、老《ふ》けて見えてびっくりした。七年前に失踪してから、今までのことを、きくのは何となく、はばかられるね。あの様子では、辛《つら》い目にあったのかもしれない」

と、若柳が、いった。

十津川は、ゆっくりコーヒーを飲んでから、

「これからは一千万円の身代金を奪っていった犯人を、逮捕できるように、捜査を始めなくてはならない。東京と、北海道との合同捜査ということに、なるだろうが、うまく捜査が進むように祈っている」

といった。

「七年間、彼女の消息は、全く、つかめなかったんだ。今年になってから、急に、３Ｄのバッジをつけた男が小柴の前に、現れたかと思ったら、消されてしまった。犯人は、どんな人間なのか？　なぜ急に、今までずっと、行方不明だった及川ゆ

みを使って、小柴に、一千万円もの身代金を要求してきたのか？」

「私にも、わからないよ」

「さらにいえば、電話の男と、及川ゆみの関係も、全くわからない。七年もの間、彼女は、あの男と、一緒だったんだろうか？　それとも、自由だったのか、私としては、その辺のところを知りたいんだがね」

「今日、ようやく、解放された及川ゆみが、本当のことを、話してくれれば、空白の七年間に何があったかわかるだろう。しかし、彼女が、何も話してくれないままだと、七年間の空白は、埋まらない。空白のままだよ」

と、十津川が、いった。

その後、一時間近くして、小柴が、カフェに入ってきた。

若柳が、

「どうだった？」

と、きく。

「彼女を診察した医者がいうには、ストレスが、かなり、溜《た》まっているそうだ。それに、肉体的にも、ひどく疲れているようなので、最低でも、一週間は、入院して、何も考えずに、ゆっくり体を休める必要があるといわれた。ゆっくり治療すれば、いろいろなことを、思い出してくるだろうと、医者は、いっている。だから、今日から一週間、この病院に入院することを決めた。その後のことは、彼女の様子を見ながら、決めればいいと思っている」

と、小柴が、いった。

「医者に診てもらっている間、彼女は、君に何か、話したのか？」

と、若柳が、きいた。

「いや、ほとんど、何も話してくれなかったよ。七年前のおれが知っていた及川ゆみとは、全くの、別人のようになって、しまっているんだ。これも、医者の話なんだが、彼女は、かなり、強いストレスを感じているようだから、それが、解けて、元の状態に、戻るには、相当の時間が、かかるかもしれないそうだ。これからの一週間は、この病院に全ておまかせしたい。彼女を診てくれるのは、この病院の院長だそうだから、信頼してもいいと思う」

と、小柴が、いった。

「彼女は、犯人のことについて、何か、いっているのか？」

と、十津川が、きいた。

「いや、何もいわない。そこで、彼女の所持品の方は、全部調べてみた」

「それで？」

「彼女は、今まで、どこにいたのか？　犯人との関係は、どうなのか？　そういったことが、わかるようなものは、何一つ持っていなかった。ただ、これは、医者も気がつかなかったのだが、これが、彼女のコートのポケットの中に入っていた」

小柴は、小さなフィルムの破片を取り出すと、十津川と若柳の前に、置いた。

「これは、フィルムの、破片だろう？」

「ああ、そうだ」

「しかし、この小さな破片だけでは、全体が、どんなものなのか全くわからないんじゃないか？」

と、十津川がいうと、小柴は、

「これは間違いなく、例の３Ｄカメラで撮った写真の、破片なんだ」

「どうして、そう、断言できるんだ？　その根拠は何だ？」

「七年前に、問題の十メートルのフィルムを、実際に見ているからね。あの破片は、現在のフィルムではないし、３Ｄカメラで撮ったフィルムには、独特の感触があるんだ。触った瞬間、独特の感触が、伝わってきたんだ」

小柴が、自信満々の顔で、いった。

「たしか君は、そのフィルムは、完全な３Ｄだといっていたね？　そのフィルムは、突然消えてしまったといったね。間違いなく、そのフィルムなのか？」

十津川が、念を押した。

「それは、間違いない。あの時、３Ｄカメラで撮ったという十メートルのフィルムを見せてもらったんだ。その時の感触と、全く同じ感触なんだよ」

「そうすると、いったい、どういうことになってくるんだ？」

若柳弁護士が、きく。

「今日、南弟子屈駅にいた、及川ゆみは、三月なので、コートを、羽織っていた。そのコートのポケットの中に、フィルムの破片が、入っていたんだが、それが、どうにも、不思議で仕方がないんだ」

「何が不思議なんだ？」

「七年前に、彼女が失踪した時には、あのコートは着ていなかったんだ。それなのに、今日着ていたコートのポケットに、問題のフィルムの破片が、入っていた。こうなると、及川ゆみと、あのフィルムとは、何かの関係があることになる」

と、小柴が、いった。

「七年前、彼女と、3Dフィルムの紛失と、何か関係があるのではないかと考えてしまう。今までおれは、七年前に姿を消した及川ゆみは、被害者の側に、いるとばかり思っていたんだ。しかし、3Dフィルムの破片が、彼女のコートのポケットに入っていたところを見ると、彼女は被害者の側では、なくて、犯人の側にいたのかもしれないと、そんなことを、考えてしまっているんだよ」

「それは、七年前にということか？」

と、若柳が、きく。

「それもわからない。七年前から、今までかもしれない」

小柴が、いうと、十津川が、うなずいて、

「残念だが、その可能性は、否定できそうにないね」

「それで、これから、どうしたらいい？」

気色ばんだ小柴が、きいた。

「君は、どうしたいんだ？」

十津川が、逆に、小柴に、きいた。

「彼女には身よりがなかったはずだ。おれとしては、及川ゆみのそばに、ついていてやりたいんだが、医者から、当分の間、面会禁止と、いわれてしまった。だから、彼女には会えないが、このまま釧路に、いようと思っている」

「私は、二日間の休暇をもらって出かけてきたので、どうしても一度は、東京に戻らなくてはならない。その後は、状況を見ながら、必要があれば、もう一度、ここに、戻ってくるつもりだ」

と、十津川が、いった。

弁護士の若柳は、

「どうやら今回の事件の近い所にいるような気がするから、君が、何をしたいのかをいってくれれば、喜んで一緒に行動するよ」

と、小柴に向かって、いった。

「おれは明日、もう一度、釧網本線に乗って、南弟子屈に、行ってみようと思っている。あの周辺を調べれば、彼女の足跡が、見つかるかもしれないからね」

「そうか、それじゃあ、私も、一緒に行くよ」

と、若柳が、いった。

釧路のホテルに一泊した十津川は、翌日、朝食だけを、ホテルで食べて、釧路空港から、東京に帰ることにした。

小柴と若柳の二人は、十津川より一足遅れてホテルを出ると、昨日と同じ『快速しれとこ』に乗って、南弟子屈に向かった。

# 第四章　レントゲンの影

## 1

　東京に戻った十津川を追いかけるように、小柴から連絡が入った。

　現在、及川ゆみが入院している釧路の病院では、安静にしているだけで、これ以上の治療の方法が見つかりそうもないとの結論に達した。そこで、主治医の判断で、この種の症状改善に実績があるという、東京の飯田橋にある中央病院に移したという報告だった。

　警視庁に帰って来た十津川には、及川ゆみが間違いなく中央病院に入ったという確認を取る時間の余裕がなかった。都内で起きた殺人事件の捜査が待っていたからである。幸い、東京足立区で起きた殺人事件は、犯人が自首してきたために、あっという間に解決した。

　それを待っていたかのように、小柴と若柳の二人が、警視庁に十津川を訪ねてきた。

　二人とも疲れた顔をして、元気がなかった。釧路から釧網本線に乗り、及川ゆみがいた駅の周辺を調べて回ったのだが、とうとう、及川ゆみの足跡は、見つからなかったという。

　三人は、飯田橋駅へ向かった。中央病院の見舞いの時間が、三時からなので、駅前のカフェで、三人で今後の方針を話し合うことにした。

とにかく小柴が、何かを話したがっている感じで、彼が真っ先に、カフェに入っていった。

小柴は、三人分のコーヒーを注文した後で、

「例の、及川ゆみのコートのポケットに入っていたフィルムの破片があっただろう？　あれをうちの研究室に渡して、調べてもらっていたんだ。そうしたら今日、報告があった。薄いフィルムなんだが、その中に風景が立体になって、写っているそうだ。普通のカメラだったら、二回写せば二重になる。だけど立体的にはならない。ところが、あのフィルムの破片の場合は、一つの目標に向けて、一回、二回、三回とシャッターを押すと、フィルムに写したものが、次第に立体になっていくとわかったというんだ。

ただ、このフィルムに合うカメラの構造はわからない。フィルムが、三十五ミリカメラの大きさなら、色眼鏡を使わなくても、立体的に見える。少なくとも、立体感が十分だといっているんだ」

「それで、なぜ、そんなフィルムの破片がポケットに？」

と、十津川が、きく。

「七年前に彼女が釧路湿原で誘拐された。あの頃、彼女は、うちの会社に所属するモデルをやっていた。その頃、多くのカメラメーカーで、色眼鏡を使わずに、立体に見えるカメラを作ろうとして、必死だった。ところが、３Ｄプリンターの方は、やたらに新製品が出てきて、今なら、五万円前後の安い３Ｄプリンターだってある。大抵がアメリ

カ製だが、うちの会社にも二十万円前後の3Dプリンターが、置いてある。

それなのに、3Dカメラの方は、これはという新製品が出てこないんだよ。日本もアメリカも、ドイツも、必死になって3Dカメラを開発している。それも、五万円前後の値段で性能のいい3Dカメラが出来たら、たちまち世界中のカメラ市場を、席巻《せっけん》するだろうと、いわれている。

そんな時に、3Dのフィルムの方が見つかったんだ。それも、彼女のコートのポケットから見つかったんだ。ということは、彼女を誘拐した相手も、うちと同じようにカメラメーカーで、3Dカメラを開発している会社に思えるんだよ。

うちの会社が、どの程度技術的な進歩をしているのか、それを知りたくてライバル会社は、及川ゆみを誘拐したんだと思う」

「それならどうして、一千万円の身代金で彼女をこちらに返して、寄越《よこ》したんだ？」

と、若柳がきく。

「それについても、もちろん考えてみたよ。今いったように彼女を誘拐したのは、うちのライバル会社で、完璧な3Dカメラを作ろうとしているんだと思う。それで、うちの開発状況を知ろうとして、七年前に及川ゆみを誘拐した。彼女は無理やり監禁されたり、うちの会社の3Dカメラの進行状況をきかれたりしているうちに、精神をやられたんじゃないだろうか。

それで、誘拐犯は、今まで、彼女を半監禁状態にしていたんだ。彼女の精神状態が、正常に戻れば、再び問いただすつもりだったのだろう。しかし結局、彼女の精神は、回復しなかった。犯人は誘拐事件のほとぼりも冷めたため、今になって、釈放する気になったのだ。そこで、必要のなくなった誘拐犯は、一千万円で、おれに売りつけようと考えたんだろう。或いは会社から独立しようとしているのかもしれない。それには大金が要る。だからおれに、一千万円の要求をしてきた。今いったように会社から独立しようとしていたから、その会社が開発した3Dカメラの部品の一つでも、持ち出そうと考えていたんじゃないか。

なかなか警備が厳重で、持ち出せなかったが、フィルムは持ち出せた。その破片がポケットに残っていた。そんなふうに考えたんだが、できればプロの十津川警部の意見を聞きたいね」

と、小柴が、いった。

十津川はコーヒーを口に運んでから、

「まず彼女が、釧路の小さな病院から東京飯田橋の、精神医療では、日本一といわれる中央病院に移されたことは良かったといいたい。簡単には治らないかもしれないが、中央病院に入院していれば安心してもいいと、思っているんだ。今日は、くわしいことを医者に聞いてみたい。

彼女は、一見すると何も喋《しゃべ》らず、全てを、忘れてしまっているように見えるが、私はそんなふうには、考えないんだ。たぶん彼女の頭の中で、記憶がまだらになっているんじゃないか。はっきりと記憶している部分と全く記憶を失った部分が、まだらになっていることは、よくあるからね。記憶が戻ったら七年前どこの誰に誘拐されたのか、まずそれをききたいね」

と、いった。

三時になったので三人は、カフェを出て、中央病院に向かった。

中央病院は、五階建ての巨大な病院である。屋上には、ヘリポートもある。最近増えているうつ病や、精神を病んでいる人たちの治療をメインにしている病院だった。

エレベーターで最上階の五階まで上がり、ナースセンターに近い病室の一つに、向かった。個室である。

病室の入口に彼女の名前が、書いてあった。

三人はカフェの近くで買って来た花束を、部屋にいた看護師に渡して、それを、活《い》けてもらってから、ベッドに起き上がっている及川ゆみに目をやった。

釧路湿原で一千万円を払って助け出した時には顔色も青白く、いかにも疲れ切った病人そのものだったのだが、あれから一週間経ち、ようやく顔にも生気が出てきて、体調の方は少し良くなったことを匂わせていた。

しかし小柴が、

「ゆみさん」

と、声をかけ、

「何か思い出したことがあるかい？」

ときいても相変わらず無言で、ぼんやりした目を小柴に、向けるだけだった。

十津川も彼女の様子が良ければ、七年前に誘拐された時のことについて質問しようと思っていたのだが、それを止めて、看護師に、

「患者さんの病状について、お医者さんの意見をきけますか？」

と、きいた。

「それでは担当の先生を連れて来ます」

と看護師はいって病室を、出ていった。

中年の医師が入ってきた。医師の名前は川村《かわむら》だった。

「現在、彼女の病状は、どんな具合なんですか？」

と、小柴がきいた。

「今のところ何を質問しても、ほとんど、返事をしないでしょう。それで、完全な記憶喪失と考えてしまうかもしれませんが、間違っていると思います。私の診断では、何か強いショックを受けたために、自分の覚えていることを喋ろうとしても、上手く喋れない状態になっていると思います。従ってその原因が解消されれば、自由に、喋れるようになってくるはずです。ただし、その場合も最初の内は喋ることに、自信が持てなくて、途切れ途切れの喋りになると思いますが、その時は、皆さんも温かく扱って、欲しいんですよ」

川村医師がいった。

「彼女の健康状況はどうなんですか？」

「私は患者の精神面を診ていて、体の状態の方は他の先生が、診ています。その先生にきいたところでは、どこといって、悪い所はないように見える。ただ、精神がずたずたになっているのでそれが肉体の方にも影響して、すぐ疲れるようだと。しかしその状態は日が経つにつれて、徐々に、治ってきますよ」

川村医師は、三人を安心させるようにいった。

川村医師が戻って行き、三人と患者の及川ゆみ、それに看護師の五人になるとまた病室には沈黙が居座ってしまう。

小柴はスーツケースからカメラを取り出して、及川ゆみに渡して、

「それを暫《しばら》く持っていて、できればシャッターを押してみてくれないか」

と、いったが、及川ゆみの方は、渡されたカメラを手に持ったまま、それをどうしたらいいかわからないようだった。

「そのカメラは、何なんだ?」

と、若柳がきいた。

「七年前にうちが開発した当時の3Dカメラで、そのカメラを使って、モデルの彼女を、何度も撮った。それを、思い出してくれれば、いいんだが――」

と、小柴がいう。

「そのカメラを、見たことがないんだが、あまり、売れなかったんじゃないのか」

「君のいう通り、あまり、売れなかった」

「どうしてそのカメラで、景色なんかが立体になるんだ?」

若柳がきく。

「このカメラには、間をあけて二つのレンズが付いているんだ。この二つのレンズで、同じ物を撮る。それを、例の色眼鏡で見れば、何となく立体に、見えるんだ。ただ、無理に立体に見せているわけだから、十分くらい見ていると、目が痛くなってくる。だからこのカメラの説明書には、十分

以上見たらひと休みして下さいと書いてあるんだ」

「それで今、君の会社で、作っている3Dカメラは、もうちょっとましなものになったんだろう？」

「確かに目が痛くなるカメラじゃなくなったが、性能の面から見たら同じようなものだ。だからうちの会社の研究室は大変だよ。普通に見て立体に見える、色眼鏡を使わなくてもいい3Dカメラ、そしてこの『十分間見ていると目が痛くなるので、休んで下さい』という馬鹿な説明書は取っ払いたいんだが、そうもいかない。痛みはなくなったが、疲れるからね」

　と、小柴はいった。

　十津川が見ていると、ベッドから起き上がった及川ゆみが、小柴から渡されたカメラを構えて、レンズを覗《のぞ》いたり、シャッターを押したりしている。

　しかしそれが七年前を思い出してそうしているのか、それとも、精神が病んでいても「カメラ」ということは、わかるから、反射的にレンズを覗いているのか、そのどちらなのかは十津川にも、わからなかった。

　その後、小柴が、3Dカメラの説明書をポケットから取り出して、及川ゆみに渡した。ゆみはそれを手に取ってゆっくりと見ている。読む力は残っているのだろうか？

　しかしすぐ、取扱説明書をベッドの近くにある屑入《くずい》れに、投げ込んでしまった。看護師に、

「どういう症状なんですか、これは？」

と、きいた。

「先生がいうには、何かを、手に取ってみたり読んだりすると、それだけで、疲れてしまうんですって。そうすると、それを屑入れに捨ててしまうそうですよ」

と、教えてくれた。

及川ゆみは、疲れた様子で、寝てしまった。

三人は、それぞれ不満足気味だったが、患者が寝てしまったのでは仕方がないので、病院の一階にあるカフェで今日二回目のコーヒーを、飲みに行くことにした。

「君がライバル会社といっているのは、3Dのバッジをつけた男が、勤めていると偽装していた会社と、関係があるのか？」

と、若柳が、きいた。

「会社の名前は『3D企画』。うちの会社よりも、数倍の大きさを、持っている。その会社は今のところ、アメリカから、3Dプリンターの輸入と販売、それから3Dカメラの開発と販売を行っているが、アメリカから特許を取って自分の会社で例の3Dフィルムを製造している。3Dカメラ自体もあのフィルムの破片を見ると、うちよりかなり、開発が進んでいると見なきゃいけない」

「その話、少しおかしいんじゃないか」

と、十津川が、いった。

「どこがだ？」

と、小柴が、きく。

「その3D企画という会社は、君の会社よりも、相当先を進んでいるんだろう。それならどうして、七年前に、3Dカメラのモデルに使っていた及川ゆみを、誘拐したり、君を罠にかけて殺人容疑を被《かぶ》せようとするんだ？　君は確か３Ｄカメラの開発の責任者なんだろう？　だから３Ｄ企画は、君を狙っていると、考えるんだ。３Ｄ企画の方が、３Ｄカメラの開発について君の所よりも先行しているんなら、どうしてそんなことをする必要があるのかわからないじゃないか」

「その通りなんだよ。七年前頃は、うちの会社も３Ｄ企画も、ほとんど３Ｄカメラの開発では歩き出したばかりだった。今もいっていたように、その頃のうちの３Ｄカメラは、ごらんのようにひどいものだったし、３Ｄ企画の方だって、３Ｄカメラを製造して売ることにはためらっていた。

　君がいったように、七年前になぜ及川ゆみを誘拐したのか、なぜ私を殺人容疑の罠に、嵌《は》めようとしているのか、その理由が、私にもわからないんだ。おれがうちの会社の、３Ｄカメラの開発責任者になっているからかもしれないが、君がいうように、うちが３Ｄ企画よりも先を進んでいるわけじゃないからね」

　と、小柴がいった。

## 2

　翌日、北海道警の渡辺《わたなべ》という警部が十津川を訪ねて来た。

「北海道警では、七年前に起きた及川ゆみの誘拐事件と、最近釧路湿原の近くに置かれたレンタカーのトランクで、若い女性が死んでいた殺人事件、この二つを、私が担当して捜査にあたっています。

今日は、合同捜査になる前に、十津川さんに、ご挨拶に来ました。警視庁の捜査がどの程度進んでいるのか教えていただきたくて」

と、いった。

道警の渡辺警部は会話の中で、あっけらかんとして、道警の失敗も、隠さず話す。

「大東電気の社員、小柴さんを容疑者として取り調べました。その後、逃亡したので、容疑を断定できないままです。警視庁の十津川さんが、小柴さんの、大学時代の同窓生ということをきいて、びっくりしているんです。

小柴さんの行動は、私たち道警の刑事にとっては、捜査を邪魔するというか、ないがしろにされているようで、どうも引っかかるんですよ。今回も、われわれに黙って、七年前に誘拐された及川ゆみさんを、大金を払って救出したそうじゃありませんか。そういうことは是非、前もって道警に、話していただきたいのです」

と、いった。

「誠にこの件に関しては、弁解の余地がありません。ただ、こちらも七年前の誘拐事件と先月の殺人事件の関連性について考えているので、是非、道警と警視庁とで、合同捜査を進めたいと、思っています」

十津川がいうと、やっと渡辺警部の顔に、笑みが浮かんだ。

「七年前に、誘拐された及川ゆみという女性は今回、小柴さんが、大金を払って取り戻したということですが、釧路の病院に収容されているものと思ったのですが、東京の中央病院に移ったそうですね」

と、いう。

「かなり、精神的なダメージを被っているので、東京の中央病院の方が治療に適しているんじゃないか、これは、釧路の病院の医者の勧めで、こちらに移されたんです」

「十津川さんから見て、彼女の病状はどんな具合ですか？」

「医者の話では、完全な記憶喪失ではなくて、何かのショックで、脳の働きが一時的に止まってしまっている。だから、何か、きっかけがあれば元通りになるといっていいました」

「七年前の誘拐事件の原因は何だったんですか？身代金目当ての誘拐とも思えないんですが」

「七年前、どんな動機で犯人が、及川ゆみを誘拐したのかは私もわかりませんが、大東電気という東京の会社がありまして、そこに、勤めている小柴敬介、道警が容疑者として捜査をした男ですが、彼は当時も今も、大東電気にいて、３Ｄカメラの開発の責任者です」

「３Ｄカメラですか」

「そうです」

「確かに、七年前頃、３Ｄカメラというのが作られて、カメラ屋さんで販売していたのは覚えています。しかしその後、新型の３Ｄカメラというのは、出て来ませんね。３Ｄプリンターの方は色々な値段の物が、出て来ているのに、３Ｄカメラがダメなのはどうしてですかね？」

「これは小柴の受け売りですが、五万円前後の価格で完全な３Ｄカメラ、立体カメラを作るのは大変難しいそうです。だから昔は不完全な３Ｄカメラが出て来ていたが、最近はそれを作るのも難しい。そういっていました」

「つまり、３Ｄカメラの開発競争をめぐっての会社同士の争いが、誘拐にまで発展したということになるんですか？」

渡辺は、簡単に要約する。

十津川は、苦笑しながら、

「まだ細かい点は、はっきりしませんが」

「今、十津川さんが、一番怪しいと思われているのは、大東電気のライバル会社ですか？」

「３Ｄ企画という会社が、今のところ、３Ｄカメラの開発、製造、販売で大東電気と競争しています」

「しかし、まだ、３Ｄカメラの新製品は、出ていないのでしょう？」

「それで、なおさら開発競争は激しいんだと思いますが」

「しかし、見方を変えると、個人問題に見えるんですが」

「どんなふうにですか？」

「七年前に誘拐されたのが、大東電気の３Ｄカメラの開発責任者、つまり、小柴敬介か、直接、開発に当たっている技術者なら、ライバル会社同士の闘いだと納得できるんですが、宣伝モデルの及川ゆみだということが引っかかるんですよ。七年前に、私は初めて彼女の写真を見ていますが、とにかく可愛らしく魅力的な女性でした。小柴敬介が好きだったのも、よくわかります。

それを考えると、七年前の事件も今回の事件も、男と女の個人的な愛情のもつれではないかという気がするんですよ。及川ゆみと小柴の関係に、もう一人の男が現れての三角関係と考えれば、簡単に見えますがね」

「三角関係ですか？」

十津川は、急に、目の前の事件が、小さくなってしまったような気がした。

「もう一人、女性が殺されています。坂口あやで、こちらも、大東電気のCMに出演したことのある女性ですが、彼女のことは、どう考えるんですか？」

と、十津川は、いった。

「坂口あやという新しい被害者が現れたので、なおさら、私は小さな交友内の男女のもつれと考えました。大東電気という会社の中での男女関係です。ライバル会社は関係ないと思います。宣伝モデルの及川ゆみを、小柴敬介は好きだったが、彼女のことを好きな男が現れたのですよ。もちろん、同じ大東電気の社員です。

典型的な三角関係ですが、この男を、Aとしましょう。A—及川ゆみ—小柴という図式ですが、今回は、少し違います。多分、三人が関係している大東電気の社風だと思います。七年前に、少し調べましたが、男女関係にうるさい会社だということがわかりました。そこで、Aは、ライバル会社の仕業に見せかけて、七年前に小柴と一緒に、釧路湿原にやってきた及川ゆみを誘拐したのです。そして、今回も、A—坂口あや—小柴といった図式だと、思います。坂口あやが、小柴に夢中になっているので、Aは小柴を追って北海道に来た坂口あやを殺害したのです。それを小柴の犯行に見せるため、レンタカーのトランクに、あやの遺体を放り込んだと、考えられますね。Aは自分が雇った村上邦夫が、小柴の写真に写ってしまったことを、知ったのでしょう。小柴が、自分に迫ってきているという不安から、坂口あや殺しの容疑が小柴にかかるように仕向けたんですよ」

と、渡辺は、答えた。

3

この日の夜、渡辺警部を迎えて、捜査会議が開かれた。

この日の会議の目的は、渡辺の口から直接、今回の事件を北海道警が、どう見ているかをきくことにあった。

従って、まず、警視庁側が質問し、それに渡辺が答える形になった。

今の段階で、もっとも新しい事件といえば、小柴が一千万円を払い、七年前に誘拐された及川ゆみを犯人（道警ではAと呼んでいる）から取り戻した事件である。

「小柴が取り戻した及川ゆみは、精神を病んで、ほとんど喋りません。このことについて、道警の見方を教えて下さい」

と、十津川がいった。

「この件については、及川ゆみは、釧路の病院に入院しているものとばかり思っていたのです。そこで、話をきこうと思っていたところ、彼女は、東京の中央病院に移されてしまっていたのです。

そこで急遽《きゅうきょ》、捜査会議を開き、検討しました。私たち道警は七年前の事件当時から、三角関係から生まれた事件と見ているので、今回の事件についても、その結果が生んだものと見ています。七年前に、犯人のAが、小柴敬介と及川ゆみが釧路湿原に遊びにきたのを、及川ゆみ一人を誘拐したと考えています。

その後、彼女は、Aと一緒に生活していたものと思われますが、強引に誘拐され監禁状態にあったことで、精神の平衡《へいこう》を失ってしまったに違いない。そうなると、Aには、彼女がうとましいだけの存在になってきた。殺してしまえば楽になるが、それより彼女を利用しようと考えた。小柴は毎年、釧路湿原を見に来ていて、及川ゆみにまだ未練があるに違いないだろう。Aは、彼女を小柴に売りつけてやれと、考えたのだと思います。

彼女は精神を病み、Aのことも七年前のことも覚えていない。Aにとっては好都合だった。それで、一千万円で、小柴敬介に売りつけたんだと思っています」

「3Dカメラの開発も、ライバル会社も、一連の事件とは関係ないと、道警では考えているということですね？」

十津川は、確認するように、渡辺にきいた。

「道警としては、関係があるとは考えていません」

「Aという犯人について、道警は、どう考えているんですか？　犯人像をどんなふうに想像しているのか教えて下さい」

「Aは大東電気の社員で、小柴敬介のことも、及川ゆみのことも知っていると思います。このAも、モデルの及川ゆみが好きになったが、彼女には、すでに小柴という恋人がいたのです。しかし、諦め切れなかったAは、及川ゆみを、小柴から奪い取ることを考えたのです。Aは慎重でした。つまり、小田急線・新宿駅のホームで、中毒死した村上邦夫を雇って、小柴と及川ゆみのことを調べさせました。それも、大東電気のライバルの3D企画の会社のバッジを作り、それをつけさせたのです。小柴が、怪しい男と思っても、そのバッジから ライバル会社のスパイだろうと思い込ませるためのカモフラージュが、狙いだったと思われます。村上は、小柴が及川ゆみと二人で釧路へ行って、釧網本線に乗ったり、釧路湿原でカヌーを楽しむ予定だと、Aに報告したに違いありません。そこで、Aは釧路湿原で、及川ゆみを誘拐したのです。以上から、道警が考えた犯人像ですが、第一、小柴と同じ大東電気の社員で、年齢は、ほぼ同一、職場は小柴とは別のセクションにいる。第二、東京のマンションに独りで住んでいるが、かなりの資産家で、及川ゆみを住まわせるマンションか一軒家を借りていた。第三、家族はいても、東京には住んでおらず、連絡も、ほとんどないだろうと推測します。

七年前に、Aが大東電気の社員だった確率は、かなり高いと考えています。ただ、今でも、大東電気にいる可能性は低いと思うので、この会社の退職者を調べてみたいと思っています」

それが、渡辺の最後の発言で、それを残して、北海道へ帰って行った。

十津川は、亀井と二人で、羽田空港まで彼を見送ったが、そのあと、空港内のカフェで、道警の考えについて、二人で話し合った。

「彼の考えというか、道警の見方について、どう思うね？」

と、十津川がきいた。

「いろいろな見方があっていいと思うんですが、一つだけ、引っかかることがありました」

と、亀井が、いう。

「どこがだ？」

「犯人が、一千万円と引きかえに、及川ゆみを返したことです。渡辺警部は一方的な恋愛感情が発端だったから、相手が精神的におかしくなってしまったので、さっさと返したにすぎないとみています。しかし、われわれが考えるように、３Ｄカメラなどの秘密がからんだ犯罪だとすると、犯人が、及川ゆみを返した理由がわからないのです。今は、精神状態がおかしくて、何も話しませんが、彼女が３Ｄカメラや、３Ｄ企画のことを口にしたら、われわれは、直ちに問題の会社の強制捜査に入れるわけです。その恐れがあるのに、なぜ犯人は、及川ゆみを返したのかわかりません」

「渡辺警部は、三角関係のもつれの犯罪だから、３Ｄカメラが出されたり、ライバル会社の名前が出てきても、犯人は平気だといっていたね」

「それでも、犯人が、及川ゆみを返した理由がわからないのです。精神状態が治って、犯人について、一言でも喋れば、それで終わりですよ」

「よほど、一千万円が欲しかったのかな？」

「それとも、及川ゆみの精神の病気は、治らないと見てのことなのでしょうか。それについては、中央病院の医師は、どう見ているんですか？」

「医師は、ゆっくり時間をかけて治せば、治らぬ病気ではないと、いっている。また、治せる自信があったからこそ、釧路の病院から東京の中央病院へ移したんだと思うよ」

「そうでしょう。どうにも、私には、犯人の行動は不可解です。現在の犯人の罪は、誘拐、監禁と殺人です。逮捕されれば、重罪でしょう。七年間も、誘拐した及川ゆみを隠し通せたんだから、このまま隠し続けてもいいし、殺して死体を隠してもいい。それなのに、一千万円欲しさに、危険を冒して及川ゆみを解放してしまう。それが不思議なのです」

と、亀井は、繰り返すのだ。

「よほど、一千万円が欲しかったんだろう」

「一千万円で何をするつもりだったんでしょうか？」

「日本脱出じゃないか？　東南アジアにでも逃げて、そこで暮らすつもりかもしれない」

「しかし、犯人の国外逃亡に備えて、全ての空港には、網が張られていますよね」

「ああ、まず、国外逃亡は不可能だ。小柴敬介、及川ゆみの関係者、３Ｄカメラの関係者、３Ｄ企画、大東電気の関係者は、全て足止めするように指示が出されている」

「それでも、犯人は、なぜ及川ゆみを解放したのでしょうか？」

「今のところ、何を質問しても答えないから、犯人は、安心だろうがね」

「唯一、納得できる答えは、犯人が及川ゆみの精神状態は、絶対に治らないと確信していたので、安心して解放したということになりますか」

と、亀井が、いう。

「しかし、今は、医療が早いスピードで進んでいるからね。治らないという確信は持てないと思うがね」

「ただ、七年間、彼女の精神の病は治らなかったので、犯人はもはや、正常な精神には戻らないと、考えたのかもしれませんね。ですが、最近の医学の進歩で、治療を受けさせれば、治る可能性が出てきています。犯人は油断していたのでしょう。私だったら、及川ゆみの精神を完全に破壊してから、解放しますよ。現実には、それはなかったわけでしょう?」

「医師は、それはないといっている。だから、必死に治療に当たっているんだ」

「それは、私も知っています」

「ということは、治る可能性があるということを、今では、犯人も知っているかもしれない」

「それなら、一層、犯人の行動は、不可思議ということになってきます」

と、亀井が、いった。

あとは、及川ゆみが、いつ治るかの勝負になった。

4

十津川たちは、連日、中央病院に、様子を見に出かけた。小柴と若柳の二人も、同じように、中央病院に行き、なるべく長く、及川ゆみに接していたいので、仕事の話も、病室でするようになった。

中央病院に入って一カ月たった日の夜、事件が、起きた。

その日の午後十一時。消灯の時刻は、過ぎていた。

どの病室も、暗くなっている。

五階のナースセンターも、当直の看護師が二人だけ残っていた。

午前二時に、看護師が、病室をひと回りした。

次は、午前六時である。

五階には、十室の病室があるのだが、午前三時すぎに、突然、一〇八号室のナースコールが、激しく鳴った。

一〇八号室の患者は、五十二歳の女性で、三日後に、胃ガンの手術を受けることになっていた。

この病室に飛び込んだ二人の看護師は、明かりのスイッチを押した。

ベッドの横に、俯《うつぶ》せに倒れている患者を見つけたのだ。

急いで、抱き起こし、ベッドの上に寝かせて、

「何があったんですか？」

と、一人が、きいた。

「大きな男が、突然、入ってきて——」

と、早口にいってから、患者は、激しく咳込《せきこ》んだ。

一人が、患者の背中をなで、もう一人の看護師が、

「その男が、何かしたんですか？」

「じっと、窓ぎわに立って私を見ているんで、怖くなって、ナースコールを鳴らしたんです。そうしたら、その大男が、いきなりベッドをゆすったんで、私は、ベッドから落ちちゃって」

「身体のどこか、痛いですか？」

「痛いところは、別に——」

「では、静かにしていて下さい。いま、当直の先生を呼びますから」

と、看護師は、いった。

二人の看護師は、怪しい大男は、一〇八号室だけではなく、他の病室にも入ったことが考えられるので、当直の医師には、一〇八号室に来てもらい、自分たちは、全ての病室を見て回ることにした。

どの病室の患者も、誰も入って来なかったといったが、問題は、一〇七号室の患者、及川ゆみだった。

看護師二人が、ゆみに何をきいても、無言しか返ってこない。これでは、大男が、この病室に入ったかどうかは、わからなかった。

そこで、当直の医師の意見も聞いてから、とかく警察に届けることにした。

十津川警部たちが、やってきた。ひょっとすると、大男の狙いは、及川ゆみではないかと、思われたからである。

肝心の及川ゆみが、はっきりした意思表示ができないので、十津川は、鑑識に来てもらって、指紋の採取から始めた。

その結果、一〇七号室と、一〇八号室のドアノブやベッド上部の指紋が消されていることが、わかった。

多分、大男は、この二つの病室に侵入したが、手袋をはめていたのか、さもなければ、指紋を拭き取って逃げたのだろうと、十津川は、考えた。

問題は、その大男の目的である。

ただ単に、物盗《ものと》りに入ったのか？

一〇七号室の及川ゆみか、一〇八号室の女性患者に何かしようとして侵入したのか？

朝になり、周囲が明るくなると、十津川は、及川ゆみの知人である小柴と若柳に来てもらい、一〇八号室の女性患者の夫にも来てもらって、事情を話した。

一〇八号室の患者の夫は、病室に高価なものは置いてないし、盗られたものもないと証言した。

また、医師は女性の病状は安定しているし、ケガもしていないので、予定どおりに手術ができると、証言した。

問題は、やはり、一〇七号室の及川ゆみの方だった。

二人の看護師と、一〇八号室の女性患者の証言からすると、大男は、まず、一〇七号室に忍び込み、続いて、隣りの一〇八号室に忍び込んだが、患者が、ナースコールを鳴らしたので、あわてて、逃げたと考えられた。

十津川は、時系列で考えてみた。

午前二時に、看護師が定時の巡回をしている。二人で、十室を回り、異常ナシで、三十分でませ、ナースセンターに戻った。

これが、午前二時三十分である。

次に、一〇八号室の患者が、ナースコールを鳴らして、看護師二人が駆けつけたのが、午前三時すぎ。この時、大男は、すでに逃げていた。

つまり、午前二時三十分から午前三時までの間に、大男は、まず、一〇七号室に入り、続いて一〇八号室に侵入したことになる。

一〇八号室の患者と夫は、次のように証言した。

患者の症状は、安定していて、三日後の手術を待つばかりだった。

貴重品は、病室には、置いていない。

大男が侵入した時、患者は、眠っていた。

十津川は、いろいろと考えた末、小柴と若柳の二人に、いった。

「大男の目的は、どうやら、一〇七号室に侵入することだったらしいんだ。そのあと、隣りの一〇八号室に侵入したのは、カモフラージュのためだ」

と、私は、思っている」

「しかし、及川ゆみは、何も話さないんだろう？」

と、小柴が、きく。

「その通りだ。だから、大男の目的が、何だったのか、わからない。誰かに、様子を見てきてくれと頼まれたんじゃないかというのが、一番もっともらしい推理だが、様子を知りたければ、電話すればいいんじゃないかと、思ってしまう」

十津川が、いった。

「しかし、犯人が、それでは不安なので、大男に、実際に中央病院へ行って、及川ゆみの様子を見てきてくれと、頼んだんじゃないのかね。大男は、及川ゆみの顔色を見たが、一〇七号室にだけ入ったのでは、目的がわかってしまうので、隣りの一〇八号室にも入り、物盗りに入ったように見せかけたんじゃないか」

と、若柳が、いう。

「それにしても、心配して見にくるくらいなら、犯人は、いよいよ、なぜ、及川ゆみを解放したのかわからないね。殺してしまえば、一番安心できたのにだよ」

と、小柴が、いった。

「犯人は、及川ゆみを七年間、観察して、精神の病は絶対に治らないとタカをくくっていたのが、その理由かもしれないが、今の医学の発達を見ると、絶対に治らないと思っていても、不安が募ってきたのかもしれない」

若柳がいって、議論は、元に戻ってしまった。

その二日後、三人がいるところで、医師が、小柴にきいた。

「及川ゆみさんが、乳ガンの手術をしていることは、ご存じですか？」

いきなり、きかれて、小柴は、

「乳ガンの手術ですか？　七年前まで、私が知っている限りでは、していませんでしたが」

と、きき返した。

「それでは、そのあとで、手術を受けたんだと思います。それも、全部を摘出したんではなくて、左乳房、それも一部だけを切り取っていて、その上、シリコンを入れて、形を整えているので、簡単には、わからないと思いますね」

「その手術は、いつ頃やったか、わかりますか？」

と、小柴が、きいた。

「ごく最近ですね。一年以内だと思います」

「それなら、間違いなく、誘拐されていた時です」

と、小柴は、いってから、

「ガンが転移しているという心配は、ないんですか？」

「それは、今のところ、全くありませんから、安心して下さい。ただ、私は精神科医ですから、ご心配なら、乳ガンの専門医に診てもらって下さい」

と、医師は、いった。

小柴は、すぐ、同じ中央病院の中のガン研の医師に、診てもらうことにした。

岸本《きしもと》という医師は、レントゲンをとり、CTスキャンのあと、

「手術は、一年以内に行われていて、転移はしていないので、ご安心下さい」

と、小柴を安心させた。しかし、翌日には、わざわざ会社にまで電話してきて、

「もう一度、レントゲンをとりたいのですが」

と、いってきた。

「やっぱり、転移していたんですか？」

「とにかく、もう一度、レントゲンをとらせて下さい」

と、医師は、くり返すばかりだった。

仕方なく、了承すると、再度、胸のレントゲンをとったあとで、

「ご相談ですが、もう一度、胸部の手術をおすすめします」

と、いい出したのである。

小柴は、ひとりでは決心がつかず、十津川と、若柳の二人に相談した。

二人が心配したのも、ガンの転移である。

しかし、医師は、二人に、X線写真を見せて、

「ここに、黒い影があるでしょう。最初は、シリコンの影だと思ったのですが、違いますね。異物が入っているんです」

「どんなことが考えられるんですか？」

「そうですね。時々あるのが、手術をした医師が、手術に使った器具を置き忘れたまま、縫い合わせてしまううっかりミスです」

「このままでも、問題はないんですか？」

「何かわかりませんが、小さいし、シリコンに包まれているので、動くことはないと思います。ただ、これが何なのかわからないと、本当の安心は、できません」

「再手術に賛成した方がいいよ」

と、十津川は、言葉に力をこめて、小柴にいった。

「どうして？」

「その異物が、私の想像しているものだったら、今までの疑問が、一挙に氷解するからだよ」

と、十津川は、いった。

# 第五章　事件の予感

## 1

　左乳房の切開手術は、慎重に行われた。十津川と小柴、そして若柳の三人はその結果をじっと待った。手術は四時間ほどで終わり、三人は医師に呼ばれた。その場で医師が見せたのは、超小型の発信機だった。

「通信機ですか？」

「受信装置も、付いていると思うのですが、こういう器機には私は詳しくないので、そちらで調べて下さい」

　と、医師は、頼んだ。

「これを乳房から、取り出してしまって、彼女の身体は何ともありませんか？」

　と、小柴がきく。

「もともと、ガンのない部分を切開して、この器機を、埋め込んだわけです。一刻も早く、取り出した方が患者の身体には、いいでしょう」

　と、医師がいった。

　そこで十津川が、問題の器機を科捜研に持って行って、調べてもらうことにした。

　その結果を持って病院に帰った十津川は、小柴と若柳の二人に、科捜研の調査結果をそのまま伝えた。

「科捜研の話では、超小型の盗聴器だそうだ。録音する機能が付いていて、外から電波を送ると、さらに、録音した音声をそのまま発信する。先日、この病院に忍び込んだ男は、それまでに、この器機が録音したものを、自分の受信機に、受け取るために忍び込んだんだ。ただし、録音できる距離と、発信できる距離は共に、十メートルだそうだ。だから、録音の場合は、病室内ぐらいが丁度で、われわれが、病室の中で話している会話は、全て完全に録音されていた。ただ、それを聞き取る場合も、十メートルの壁があるから、仕掛けた犯人も、病院の外から受信はできず、病室に入って来なければならなかったんだ」

十津川が、その器機に電波を送ると、とたんに、病室に寝ている及川ゆみの傍で、十津川たちが、話している声が、はっきりときこえてきた。

その精度を確認し、スイッチを切った。

「多分、これを仕掛けたのは、小柴が働いている大東電気のライバル会社だよ。及川ゆみが、精神の病から回復できるかどうかを、確認したくて、この受信機を埋め込んだのだろう」

と、若柳が、いい、十津川は、

「病院に、小柴が、見舞いに来るのを予想して、及川ゆみの身体の中に、受信機を埋め込んだんだ。それなら、怪しまれないだろうと思ったんだよ」

と、いった。

「とにかく、こんなものは、彼女の身体から取り外して、ほっとしたじゃないか」

と、若柳が、いった時、突然、小柴が、

「ちょっと、待ってくれ！」

と、強い口調で、いった。

十津川が、小柴を見た。さっきから、小柴の様子が、尋常ではないことに、気付いていた。

小柴の指先が、小刻みにふるえ、声も、裏返っている。

「畜生！」

と、叫ぶ。

「こんなひどいことをしやがって！　殺してやる」

「確かに、ひどいことをやったが、犯人は、まだわからないんだ」

と、十津川は、いった。

「3D企画の連中に、決まってる！」

さらに、怒鳴るように、叫ぶ。

「しかし、証拠はないんだ。てっきり、ライバル会社の男と思っていたら、村上がつけていた3Dのバッジは、ニセモノだとわかって、3D企画も被害者みたいになってしまっている」

「そんなものは、ウソに決まってる。平気で、でたらめをいう連中なんだ」

「しかし、その証拠はないんだ」

と、十津川は、いい、若柳も、

「とにかく、そのいまいましい連中が仕掛けた盗聴器を見つけて体内から外したんだから、いいじゃないか」

「駄目だ！」

と、また、小柴が叫んだ。

「何が、駄目なんだ？　犯人がわかれば、一緒に仇《あだ》を討ってやれるが、わからないんだから、こんなものを外してやれたことで、今は、がまんしろよ」

と、若柳が、いう。

「いやだ。それだけじゃ、がまんができない」

「じゃあ、どうしたらいい？」

「連中は、七年前に、うちの会社の企業秘密を盗もうとした。うちのコマーシャルをやっていた彼女を誘拐したんだ。そのうちに、彼女が、精神を病んで、使い道がなくなったので、今度は、彼女を人間盗聴器にしたんだ。そんな連中を許せるか！」

「だから、どうしたいんだ？」

「連中に、仕返しをしてやりたい」

と、小柴が、いう。

「刑事としていえば、これを３Ｄ企画がやったという証拠はないから、逮捕はできないぞ」

十津川が、念を押した。

「これを利用したら、どうだ？」

と、若柳が、いった。

「何を、どう利用するんだ？」

と、小柴が、きく。

「これは、君の気持ち次第なんだがね」

若柳が、遠慮がちに、いった。

「何だ？」

と、小柴が、きく。

「この盗聴器を、彼女の手首に、外れないようにしっかりと巻き付けておくんだよ。そうしておけば、その盗聴器は、今までどおり、正常に動いて、われわれの会話を録音する。犯人は、その内容を知りたくて、再び彼女に接触してくるはずだ」

「敵は、彼女の乳房に埋め込んだ盗聴器が外されたとは、気が付かないわけだな」

「われわれが、これを発見したのは、敵に対して一歩だけ有利になったことを示している。そこで、こちらは、何も気付かなかった振りをして、今まで通りにしておくんだ。もちろん、手術をしてくれた医者や看護師には、一切他言しないように、お願いする。そうしておいて、われわれの敵を引っ掛けてやりたいんだ。

　君がいったように、われわれの敵は大東電気の3Dカメラの開発が、どの程度まで進んでいるかを知りたくて、こんなことを、したんだと思う。そこで、誤った情報を彼らに送りつける。そしてもう一つは、彼らを罠に掛けてやりたい。上手く罠に掛ければ、こちらがさらに有利になる。今のところ、われわれの敵は、さまざまな罠を仕掛けてきているが、その証拠がない。証拠がなければ、警察は動けないんだ。それで、その証拠をつかむためにも……」

　といいかけると、

「わかった」

　と、小柴が、いった。

「私も若柳の提案に、賛成だ。どんなことを吹き込んだらいいんだ？」

　と、十津川が、きいた。

「それをこれからみんなで相談したいんだよ」

2

　病院に話して、休憩室を時間外に貸してもらい、そこで三人は話し合った。まず小柴がいう。

「うちの大東電気でも、それほど、3Dカメラについて新しい技術とか、器機を発明したわけじゃないんだ」

「しかし、何もないのでは、敵は喰《く》い付いてこないよ」

と、十津川は、いった。小柴はしばらく考えていたが、

「サクラ精機というIT企業がある」

「知ってるよ。三年ぐらい前に出来たベンチャー企業だろう？　最近、業績が上がって株価が上がっている」

と、若柳が、いった。

「実は、そこと、提携するという話があるんだ。まだ確実な話ではないので、大東電気としても、発表を控えているんだが、もし提携できれば、うちが作っている3DカメラのIT部分が、発展して、新しい、3Dカメラが出来上がると期待しているんだよ」

「それはいい。その話を、君がわれわれに話しているところを、録音させてやろう。それを3D企画が聞けば、あわてるだろうからね」

十津川が、いった。が、小柴自身は、うかない顔で、

「あまり面白くないな。3D企画は、びっくりするかもしれないが、調べれば、うちの会社と、サクラ精機との提携話は、まだ、はっきりと決まったわけじゃないことが、わかってしまうからね。あんな非人道的なマネをした犯人を、もっと、脅かすようなことをしてやりたいんだ」

と、いう。

「じゃあ、サクラ精機との提携話は、止めか？」

「そのくらいの脅かしでは、満足できない。犯人が青くなるようなことを、やってやりたいんだ」

「その気持ちは、わかる。犯人が観念する位、脅かせれば、一番いいんだが、真実がはっきりしないからな。彼女が、七年間、どこに監禁されていたのかもわからないし、精神がおかしくなった理由もわからないんだ。だから、ウソで脅かすしかない。そこが難しいところだよ」

　と、十津川が、いう。

「それは、わかっているんだが、もっと、犯人を脅かしてやりたいんだ。そうしなければ、がまんができないんだよ」

「それを、三人で考えてみよう」

　と、十津川が、いった。

　三人の考えは、なかなか、まとまらなかった。

　特に、小柴は、犯人に対する復讐《ふくしゅう》の気持ちが強いから、十津川と若柳の考えることは、どうしても、生ぬるく見えてしまうのだろう。

　それに、及川ゆみを使ってとなると、やはり、恋人の小柴の気持ちを、第一に考えてしまうのである。

　そこで、まず、川村医師に来てもらって、及川ゆみの病状について、正確なところをきいてみることにした。

　川村医師は、現在、精神疾患については、日本でもトップクラスの知識と経験の持ち主である。

　その川村医師に、十津川が、きいた。

「正直なところ、及川ゆみさんですが、回復する見込みは、あるんですか？」

「ゼロではありません」

　と、川村医師は、いう。

「しかし、難しい？」

「そうです」

「回復の難しい患者に対して、よく、ショック療法をほどこすことがあると、きいたことがあるんですが、川村先生は、やりませんね？」

　と、十津川が、きくと、

「失敗すれば、人格を破壊しかねませんからね」

「それでは、差し当たって、完全な治療方法や薬は、ないということですか？」

　と、小柴が、きいた。

「その通りですが、全く絶望的というわけではありません」

「どういうことですか？」

「実は、アメリカで、及川ゆみさんのような精神疾患の患者に有効な薬が開発され、すでに、患者に投与されて、効果をあげているといわれているのです。副作用もなく、破壊された脳細胞の損傷が、この薬によって、回復したという話も聞いています」

「日本で、その薬を輸入して、使うことはできないんですか？」

「日本では、まだ、認可が下りていません」

「使えるようになるのに、どのくらいかかるんですか？」

「私たちは、厚労省に、お願いしているんですが、これまでのことを考えると、最短でも、あと一年はかかるんじゃありませんかね」

「何か別の名目で、アメリカから輸入して、患者に投与できないんですか？」

「医師としては、できません」

　と、川村医師は、きつい調子で、いった。

「この薬のことは、よく知られていますか？」

　と、十津川が、きいた。

「精神疾患の患者を扱う医師なら、誰でも知っていますよ。今、もっとも治療に使ってみたい薬ですから」

　と、川村医師は、いう。

　十津川は、いったん、川村医師に戻ってもらってから、小柴と若柳の二人に、

「今の話、使えるよ」

　と、いった。

「川村医師が、いったように、アメリカで開発された素晴らしい薬が、実際にあるんだから、間違いなく、犯人は、引っかかる」

「しかし、使えるまでに、一年はかかると、いっていたよ」

　と、若柳は、いう。

　十津川は、小柴に向かって、

「君の会社は、アメリカの会社とも、取り引きがあるんだろう？」

「３Ｄプリンターは、アメリカの会社が作っているものを、うちが輸入・販売している」

「それなら、大丈夫だ。君は、及川ゆみのために、アメリカからの３Ｄプリンターの輸入ルートを使って、問題の薬を手に入れ、彼女に投与することを考えていることにする」

「いや。それでは、まだるっこしいから、彼女を

アメリカへ連れて行って、向こうで、その薬を飲ませる。その方が早い」

と、小柴は、いった。

十津川は、苦笑して、

「それでもいい。われわれ三人が、及川ゆみの枕元で、川村医師から、問題の薬のことを聞き、君のために、その薬を手に入れようという。彼女をアメリカに連れて行く話でもいい。犯人も、われわれの会話を聞いて、その薬の存在を確かめるだろう。当然、アメリカでは、使われているわけだから、この話は、信じるはずだ。実在の薬だからね」

と、いった。

「川村医師に、協力してもらう必要があるな。われわれが、アメリカの薬に気付くというのも、おかしいからね」

と、若柳が、いった。

すぐ、川村医師に、もう一度、来てもらい、病室で、小柴が、口説いた。

しかし、川村に、最初は、あっさりと断られてしまった。

「私は、ウソをつけないし、第一、芝居が下手ですよ。すぐ、相手にウソだと、気付かれてしまいますよ」

と、いうのである。

「川村先生は、お医者さまですから、変にセリフが上手いよりは、下手な方が、相手が、信用すると思いますよ」

と、十津川は、いったが、それでも川村医師は、承諾しなかった。

　そこで、小柴は川村医師に、及川ゆみが、七年前に誘拐されたために、精神がおかしくなって、帰ってきたことなどを話し、それに続けて、彼女を誘拐し、その上、彼女の精神を破壊してしまった犯人に対して、鉄槌《てっつい》を下してやりたい。そのためには、芝居が、必要なことを、訴えて協力を頼んだ。

　その話に納得したのか、十津川警部の度重なる説得に、仕方なく、賛成してくれたのかは、わからなかったが、川村医師はともかく、協力してくれることになった。

　弁護士の若柳が、シナリオを作ることになった。

　十津川は、冷静だったが、小柴は、感情が激《げき》していて、時々、セリフの訂正を要求したので、丸二日間もかかってしまった。

　川村医師を交えて、芝居の稽古になった。

　確かに、川村のセリフは、棒読みだったが、何回も練習を繰り返すうちに、少しずつ上手くなっていった。

　そこで、超小型の盗聴機を、川村医師が、及川ゆみの上腕部に巻き付け、彼女の病床で、芝居を演じた。

　しかし、そのあとも、緊張は、続いた。

　及川ゆみの枕元で、話をする時は、芝居を台なしにするような会話は、できないからだった。

　と、いって、芝居のあと、問題の薬のことを、全く話さないというのも不自然だった。そのためのシナリオも必要だったから、これは、十津川が、作った。

　問題の芝居をした一日目、二日目、三日目と、全く同じセリフでは、怪しまれてしまう。

一日目は、最初の芝居の余韻が、まだ残ってい るはずだから、問題の薬の話が多くても不思議は ない。むしろ、なければおかしい。

二日目は、小柴が、薬を手に入れる方法をいう。 終始、口調はいら立っている。

三日目になると、小柴が、さらにいら立って、 何としてでも、薬を手に入れる。それが駄目なら、 及川ゆみをアメリカに連れて行って、向こうで薬 を飲ませるつもりだと、二人に、いう。

そんな芝居をやりながら、犯人が、病室に忍び 込んでくるのを待つのである。

警察としても、無理矢理、犯人を誘い出す方法 をこれ以上とるわけにはいかないので、ひたすら、 待つだけである。


それに、及川ゆみが、入院している五階には、 他に九室あり、それぞれに患者が入っている。

犯人が忍び込んできても、他の患者が騒いだら、 犯人が逃げてしまう恐れがあった。

犯人が、明るいうちに忍び込むとは、考えにく い。五階の入口に、ナースセンターがあって、昼 間は、常時、婦長と九人の看護師が待機している からである。

消灯は、午後十時。そのあとは、当直勤務の二 人の看護師だけになる。

それ以降、犯人は、忍び込んでくると、十津川 たちは、考えていた。

事情を知らない病院の警備係が、これからは、 警備を厳重にしましょうというのに対し、十津川 たちは、院長を通じて、いままで通りにしてもらった。

ただ、監視カメラだけは、増やしてもらった。もちろん、及川ゆみの病室にも付けた。

また、当直の看護師と、医師には、犯人に気付いても、気付かないふりをしてくれるように頼んだ。忍び込んでくれないと困るからである。

当然、十津川、小柴、若柳の三人の動きも制限した。

一番の問題は、犯人の動きだった。及川ゆみの病室に忍び込み、及川ゆみが腕に付けた盗聴器に、録音されている三人と医師の会話を、持参したボイスレコーダーに移して、逃げてくれるのがいちばんなのだが、ひょっとして、録音したあと、及川ゆみを殺して逃げるかもしれない。そうなれば最悪だった。

そこで、毎日、夜間から翌朝にかけて、三人が、ナースセンターに泊まり込み、三時間交替で監視カメラを見張ることにした。一人が見張っている時は、他の二人は仮眠をとることにした。いつ犯人が現れるかわからない。長期戦になる可能性があるので、なるべく体力を消耗しないように、考えた結果だった。

及川ゆみに、なにかあれば、すぐに助けに、駆けつけられるからである。そして、ひたすら待つ日が続いた。

3

八日目の深夜、やっと、犯人が中央病院に忍び込んだ。

幸い、他の患者は騒がなかったし、当直の看護師も声をあげなかった。

ナースセンターにある各病室のランプの中で、及川ゆみのところに、赤い明かりがついた。

あの部屋にだけ、監視カメラをつけておいたので、小柴が、そのスイッチを入れた。

ナースセンターにあるテレビ画面に、問題の病室が映し出された。

「犯人が現れたぞ」

と、小柴が、仮眠中の十津川と若柳を起こし、告げた。十津川と若柳も、監視カメラの画像を凝視した。

ベッドで、及川ゆみが眠っている。夕食のあと、毎日、睡眠薬を与えて、眠らせているのだった。

その枕元の椅子に、男が、腰を下ろしていた。かなりの大男である。

耳にイヤホンをつけている。十津川たちの会話を、ボイスレコーダーに録音しているのだろう。

三十分ほど、男は、姿勢を変えなかった。

やがて、男は、イヤホンを外して、立ち上がった。

三人も、身構えた。男が、及川ゆみを殺そうとしたら、すぐ飛び出して行って、彼女を助け、男を逮捕しなければならないからである。

幸い、男は、そのまま病室を出て行った。

そのまま、廊下を非常口に向かって歩いて行き、姿を消した。

十津川たちは、ほっとした。三人は、及川ゆみの病室に入ってみた。

彼女は、軽い寝息を立てていた。

「ここまでは、一応成功だな」

と、十津川が、いった。

「おれは、また、腹が立ってきた」

と、小柴が、いう。

「もう少しの辛抱だよ。これで、犯人たちが、われわれの会話をきいて、それを信じるかどうかだ。信じれば、犯人は、行動に出る。そうすれば、犯人の正体もわかってくる」

若柳は、なだめるように、いった。

「それまで、がまんできない。今、こっちができることはないのか？」

と、小柴は、怒鳴りつづける。

「君は、犯人の背後にいるのは、３Ｄ企画だと、思っているんだろう？」

と、十津川が、いった。

「ああ、そうだ。他に考えようがない」

「それなら、それを調べたらどうだ？　私も協力するよ」

「しかし、君は、いつも、証拠がないの一点張りだったじゃないか？」

「私は、警視庁の刑事だから、何よりも証拠が必要なんだ。今回は、監視カメラが、犯人の大男を写している。この男が、３Ｄ企画と関係のある人間だとわかれば、君の想像が正しかったことになるんだ」

「しかし、どうしたらいい？」

「３Ｄ企画の社長を、知っているか？」

「同業だから、知っている。パーティなんかでよく会うからね。名前は、江崎健四郎。年齢は、五十二歳だ」

「七年前の事件も、今回の事件も、君は、３Ｄ企画の、それも江崎社長の命令だろうと思っているんだろう？」

「もちろん、会社ぐるみだと思っている」

と、小柴は、いった。

「それなら、あの大男は、江崎社長の近くにいるはずだ。しかし、会社には、在籍してはいないと思う。雇用関係にあると、会社ぐるみの犯行ということになるからね。例の３Ｄ企画のニセバッジをつけていた男も、江崎社長の傍にいたが、会社の人間ではなかっただろうと思う」

「村上邦夫だろう。自称３Ｄプリンターの芸術家だったが、奴も、モデルの坂口あやも、いわば、犯人に金で雇われていたスパイだったんだと思う。だから、不都合が生じれば、容赦なく殺されて、坂口あやは、私を殺人犯に仕立てあげるエサに、使われてしまった。今回の大男も、そんなところかもしれないな」

と、小柴が、いう。

「それでは、３Ｄ企画と、江崎社長のことを調べることにしよう」

「どうやって調べるんだ？」

「最近、３Ｄ企画を辞めた人間に会って、話をきくんだ。現在の社員だと、会社への遠慮があって、正直な話はきけないだろうが、辞めた人間なら、本音がきける」

「しかし、そんな人間を、どうやって探すんだ？」

「もう、探してある」

と、いって、十津川は、「社員録」を取り出して、小柴に見せた。

「これは、３Ｄ企画の社員録だよ」

「どうやって、こんなものを手に入れたんだ？」

小柴が、ページをめくりながら、きく。

「今は、何でも金になる。例えば、来年、還暦を迎える都内の男性の名簿とか、今年二十歳の独身女性の名簿とかね。都内の会社の社員録もだよ。だから、３Ｄ企画の社員の中には、自分の持っている社員録を売る者もいるわけだよ。君が勤務している大東電気の社員録も売っているよ」

「そんなもの、誰が、何のために買うんだ？」

「いろいろな使い道がある。例えば、この社員録は、部課別になっているから、社員の引き抜きに使える」

「しかし、現役の社員は、口が重いだろう？」

「その社員録には、会社を辞めたＯＢものっているんだ。その名前に当たっていけば、会社とケンカをして辞めた人間に、ぶつかるかもしれない。幸運に、そんな人間が見つかれば、３Ｄ企画や、江崎社長の悪口が、きけるかもしれないよ」

と、十津川は、いって笑った。

「では、これを使って、こちらの期待する人間を探し出そう」

と、小柴が、いった。

若柳も加わって、三人で、該当する人物を探すことになった。

３Ｄ企画の退職者（ＯＢ）の一人一人について、その近所に住む人たちから、噂《うわさ》を聞くのである。

七人目に、小田切勇《おだぎりいさむ》という名前があった。

現在、杉並区代田橋のマンション住まいなので、そのマンションの他の住人や、近くのコンビニなどで、小田切の噂を聞いた。

するると、こちらが期待する答えが返ってきた。

「あの人は、三十代で、３Ｄ企画の課長になったんだから、働き者だったと思いますよ。それなのに、上役とケンカをして、謝ればいいのに、殴っちゃったんですって。そんなマネをすれば、クビになるのが当たり前でしょう。今は、アルバイトみたいな仕事をしていますよ」

と、いうのである。

そこで、早速、この小田切勇を、渋谷のレストランで夕食に誘い、小柴と十津川が、話をきくことにした。

「最近、３Ｄ企画の社内で、何か変わった動きがあるという話は、ききませんか？」

と、十津川が、きくと、小田切は、

「それらしい話はききませんが、親しい同僚が、あの会社にいますから、明日にでも会って、話をきいてみますよ」

と、約束してくれた。

次は、病院の監視カメラが撮った大男の写真を、小柴が、見せて、

「この男を知りませんか？」

と、小田切に、きくと、あっさりと、

「これは、香取《かとり》という男ですよ」

と、答えた。

「あなたの、よく知っている人ですか？」

「私とは、別に関係はありませんが、江崎社長の個人秘書です」

「個人秘書？」

「そうです。会社には来ていないし、社員ではないはずです」

「江崎社長の秘書というのは、若い美人だときいているんですが」

と、小柴が、いうと、小田切は、笑って、

「その美人は、会社に来ている正式な秘書の方ですよ。こちらの大男は、秘書兼ボディガードのような存在です。私も、入社した頃は、こんな男の存在は知らなかったのですが、課長になった正月に、社長の自宅に呼ばれて、初めて、この香取という男に会ったんです。学生時代、ボクシングをやっていたとかで、怖い男です」

「どうして、江崎社長は、こんな個人秘書を傍に置いているんですか？」

と、十津川が、きいた。

「今こそ、3D企画は、上場会社ですが、発足時は、江崎社長の父親が終戦直後につくった、消費者金融業だったと、いわれているんです。それで、資金を作って、電気製品を扱う、小さな会社を立ち上げた。それが、現在の3D企画の前身ということです。昔は、危ない橋を渡っていたこともあって、常に、用心棒を兼ねる個人秘書を傍においていて、香取は、その二代目だと、私はきいています」

「この香取が、最近、どんなことをやっているのか、わかりますか？」

と、小柴が、きくと、小田切は、

「そのことも、明日、同僚の友人に会って、きいてきましょう」

と、約束した。

## 4

翌日の夜になって、小田切の方から、電話がかかってきて、再び渋谷のカフェで、十津川と、小柴が、会うことになった。

「会社にいる友だちに、いろいろときいてきましたよ」

と、いう。

「それでは、３Ｄ企画の江崎社長の周辺に、どんな動きがあるのか、知りたいんですが」

と、小柴が、きくと、

「最近、江崎社長の命令で、女性秘書は、サクラ精機というＩＴ産業の会社について調べているそうです」

「どんなことを調べているんですか？」

「このサクラ精機が、最近、どこかと業務提携をするという話があるかどうかを調べさせているようです。その理由を、江崎社長は、社員たちには、いわないそうです」

「それでは、香取という個人秘書の動きは、何かわかりましたか？」

と、十津川が、きいた。

「この香取という男は、江崎社長の自宅に行っても、見かけなくなったそうです。私の友人は、部長職に就いているので、社長に直接きいたところ、最近、目にあまる行動を、勝手にするようになったので、クビにした。今までの仕事のみかえりに、一千万円の退職金を払ったといって、その領収書も見せられたと、いっていました」

と、小田切は、答えた。

「つまり、江崎社長は、今まで個人秘書として、香取に危ない仕事をやらせていたが、ここにきて、多額の退職金を払ってクビを切り、その上、退職金の領収書まで書かせたんですね？」

十津川は、大事なことなので、くどく、念を押した。

「そうです。私の友人は、その領収書まで見せられたと、いっています」

「そうした江崎社長の行動は、珍しいことなんですか？」

「香取という個人秘書のことは、あまり、いい印象を与えないので、管理職にしか、その存在を話さなかったし、それも、あいまいな話し方でした。ところが、ここにきて、退職金を一千万円も払い、その領収書まで見せたんですから、香取の存在が会社にとって、まずいものだと、気付いたんじゃありませんか？」

と、小田切は、いった。

しかし、十津川は、この話を、逆の意味に受け取った。

十津川は、自分の考えを、小柴と若柳に伝えた。

「これを、表面的に受け取っては駄目だ。私は、江崎社長が、香取をクビにして、関係を切ったように見せかけて、何か危険な仕事を命じたものと受け取った。香取が、何を命じられたのかはわからないが、それを実行する際に、３Ｄ企画とも江崎社長とも、関係ないことにしたいんだ。だから、退職金の領収書まで見せていると、私は、判断する」

「そうだとすると、問題は、何を命じられたかだな？」

　と、若柳が、いう。

「とにかく、われわれの芝居が、功を奏したということだよ。だから、江崎社長が、動いたということなんだ」

　十津川が、いったが、何をやるつもりなのかは、わからなかった。

　その代わりのように、奇妙な事件が、伝わってきた。

　新宿の歌舞伎町のバーで、大男が泥酔し、他の客とケンカになり、負傷をさせ、地元の警察署に逮捕、留置されたというのである。

　その大男というのが、どうやら、香取らしいというので、翌朝、十津川は、ひとりで、新宿警察署へ行き、確認することにした。

　留置されていた大男は、すでに、釈放されていた。

「名前は、香取徹《とおる》、三十五歳で、確かに、体格の大きな男です」

　と、署長が、いった。

「歌舞伎町のバーで飲んで、暴れていたそうですね？」

「これは、その店の、ママの証言ですが、前にも何度か、江崎社長に連れられて、来たことのある客で、最初から様子がおかしかったというのです。やたらに、社長に裏切られた、騙《だま》された、あんな冷たい奴だとは知らなかったと叫んでいたそうです。別の客たちが、うるさいと文句をいったとたんに殴り合いになって、一人の客が、顔を殴られて出血したので、あわてて、警察を呼んだと、いっています」

「ここに連れてこられたあとは、どうだったんですか？」

「店での様子と同じように、大声で怒鳴っていました よ。社長に裏切られた。殺してやりたいから、呼んで来いと叫ぶので、念のために、あの男のいう3D企画の江崎社長に電話したんです。ところが、江崎社長の方は、香取を、身寄りのない男なので、可哀《かわい》そうに思い、個人秘書として働いてもらっていたが、ここに来て、乱暴な行動が増えて、叱っても止めないので、クビにした。その時、一千万円もの退職金を払ったのだが、クビにされたことを恨んで、酔っては、私の悪口をいうので、困っているという話でした」

「なるほどね」

「一千万もの退職金を貰ったんだから、ありがたく思えばいいのに、どうも、本人は、邪魔になったので、クビを切られたと思い込んで、恨んでいるようです。とにかく、留置中も、大声で社長の悪口を叫んでいましたから、あれでは、社長がクビにしたのも当然だと思いましたね」

と、署長が、いった。

十津川は、夜になると、香取が暴れたという歌舞伎町のバーに行ってみた。

ところが、店の前に来てみると、店の中で、大男が暴れていた。

ホステスの悲鳴が聞こえ、顔から血を流した客が、よろめくように出てきた。

店の中から、男の怒鳴り声が聞こえてくる。

「江崎社長の味方をするような奴は、皆殺しにしてやるから、出て来い！」

その声に合わせるように、物をぶつけて、こわれる音が聞こえてくる。

十津川が、止めようとした時、ママが呼んだパトカーが到着し、警官三人が、店に飛び込んでいった。

香取は、暴れながら、連行されていった。

救急車も到着し、怪我《けが》をした二人の客を、病院に運んでいった。

店に残っていたのは、中年のママとホステス二人だけだった。

十津川は、ママに、警察手帳を見せて、

「大変でしたね。暴れたのは、香取という男でしょう？」

と、声をかけた。

「あの人を、知っているんですか？」

「それほど、親しいわけじゃありませんが、３Ｄ企画の江崎社長の個人秘書だったということは、知っていたんです。この店にも、何回も来たんじゃありませんか？」

「ええ、何回も、見えています」

「その時は、一人で？」

「いえ、江崎社長と一緒でした」

「その時の様子は？」

「もう、社長さんのいうなりでしたね。何をいわれても、ハイ、ハイで、大人しいものでしたよ」

「それが、おかしくなった？」

「ええ。何か不始末をやって、社長さんからクビを宣告されたみたいで、酔っては、社長の悪口を叫ぶんで、びっくりしたんです。社長さんに、クビにされたのが、よほどこたえたんじゃありませんか？　ちょっと可哀そう——」

「江崎社長の方は、飲みに来ていますか？」

「いいえ。ただ、香取さんが可哀そうなので、江崎社長に、電話したことがあるんですよ」

と、ママが、いう。

「それで、どうなったんですか？」

「社長さんも、困っているみたいでしたよ。『香取という男は、力持ちで、暴れ者だが、私に対しては、なぜか、子供のように大人しい。それで、可愛がっていたんだが、ここに来て、おかしくなった。酔っ払っては、他人を殴りつける。それでも、自分は、お金で始末していたが、乱暴が、ひどくなるばかりなので、仕方なく、クビを切ったんだ』と、おっしゃっていましたよ。うちで暴れるのを見ていると、社長さんのいうことも、もっともだと思いますね」

と、ママは、いった。

十津川は、その話を、小柴と若柳の二人に伝えた。

「いよいよ、江崎社長の命令を受けて、香取が、何かやる気だ。だから、その前提として、二人の間は、切れていることを、必死になって、宣伝している」

「やはり、君は、刑事として、そう推測するのか？」

「他に考えようはない」

「しかし、もっと、はっきりと犯人たちが動くように、できないか？」

と、小柴が、いった。

「犯人たちが動き出したのは、アメリカで開発された薬のせいだ。この薬を飲んだ及川ゆみが、正常の精神状態になることが怖いんだ。だとすると、この話を、もう少し真実らしく見せればいいんだよ」

と、十津川は、いった。

「こちらが動けば、向こうも動くか？」

と、若柳が、いう。

そこで、三人は、川村医師と、もう一度、話し合うことにした。

「例のアメリカの新薬について、もうひと押ししたいんですが、何か、いい方法は、ありませんか？」

と、小柴が、きくと、川村医師は、

「『医事タイムス』という雑誌があります」

と、いう。

「名前だけは知っていますが――」

「この雑誌には、よく、新薬の話が出て来て、私も、毎月読んでいて、寄稿したこともあります。私が、この雑誌の知り合いの記者に頼んで、うちの院長にインタビューしてもらいましょう」

「そして、どうするんですか？」

「アメリカで開発された新薬の件は、事実ですから、この話に、『医事タイムス』は、のってくると思うのです。そこで、院長に、うちに入院している及川ゆみという患者に、臨床実験をするつもりだと、話してもらうんです。近日中にと」

「そんなウソを、院長が話してくれますか？」

「大丈夫です」

「どうして、大丈夫なんですか？」

「アメリカで開発された、この新薬を、日本でも、すぐ、重い患者に投与すべきだというのが、うちの院長の持論で、テレビの座談会でも、その持論を展開しているんです。そのため、役人ともケンカをしています。だから、この芝居にも、院長は、参加してくれるはずです」

と、川村医師が、いった。

それに、力を得て、小柴と若柳の二人が、八重洲橋にある「医事タイムス」という雑誌社に、出かけて、いった。

二人は、半ば強引に、「医事タイムス」の社長に会い、正直に自分たちの希望をぶつけてみた。

二人が話し終わると、社長は、すぐには返事をしなかった。

（やはり駄目か）

と、小柴が、思っていると、

「私も、アメリカの新薬は、一刻も早く、日本でも、患者に投与できるようになればいいと、思っているのですよ」

と、社長は、いった。

「中央病院の院長や、川村医師も、同じ考えです」

「もう一つ、この話は、間違いなく、人助けになるんですね？」

と、社長が、きく。

「その通りです。上手くいけば、精神を病んだ一人の女性が救われます。それに、二つの殺人事件を解決することにもなります。この件の詳しい説明が必要でしたら、私たちの友人の警視庁の十津川という警部が、いつでも、お邪魔します」

と、若柳が、いった。

「お二人の話を信じて、うちのベテランの記者を、中央病院にインタビューに行かせましょう。しかし、もし、お二人が、でたらめ話を持ち込んだとわかったら、徹底的に、誌面でお二人を叩きますよ」

と、社長は、いった。

# 第六章　幻のタンチョウ

## 1

十津川は、事件が終局に近づいていることを感じた。それは刑事としての十津川の勘であり、また、小柴の友人としての心配でもあった。

３Ｄ企画の江崎社長の隠れた秘書である香取が、田舎じみた芝居で、社長のご機嫌を損ねてクビになり、それに腹を立て、酔っ払って社長の悪口を、いっている。

これは、どう考えても、香取という危険な男が、江崎社長と別れたという芝居である。

ヘタな芝居だがそれを周囲に見せているのは、香取が、これから、何かを仕出かそうとする魂胆があるからに、違いないと、十津川は、受け取った。

香取は、こちらが仕掛けた罠にはまって、及川ゆみの病室で、録音したものを、そのまま信じて、それを、社長の江崎に、伝えたに違いない。十津川たちの打った芝居を見破っていれば、江崎社長が、香取をクビにするような、ヘタな芝居は打たないだろう。

とすれば、十津川たちの仕掛けた罠は、二つの点で成功したのだ。

一つは、大東電気が、ＩＴの会社、サクラ精機との、事業提携をしようとしているという話である。そちらの方は、たぶん、調べて、単なる噂だとわかっただろう。これは、それでいいのだ。

問題は、もう一つの、アメリカで、開発された薬の方である。その薬が、どれほどの、効果があるものなのか、十津川にも、小柴、若柳にもわかっていない。

ただ、それだけに、３Ｄ企画の江崎社長が受けた不安は大きかったに違いない。

もし、その薬を、精神の壊れた及川ゆみに投薬して、治療に成功し正常な精神状態に戻ったら、及川ゆみが誰に誘拐され、今までどこに監禁されていたか、どんな人間たちと、接触していたか、それが全て明らかになってしまう。それは、江崎社長にとっても、香取にとっても、恐怖以外の何物でもなかったろう。

だとすれば、江崎社長が、形だけ香取をクビにしたあと、この小柴たちの試みを、ぶちこわし、自分を安心させろと命令したに、違いない。

しかし、江崎社長には、その薬が、及川ゆみに、投与されるかどうかは、わかっていないだろう。こちらとしても、もうひと押しする必要を感じた。

そこで、十津川と小柴、そして、若柳が、最後の芝居を打つことにした。

幸い、「医事タイムス」の社長が、こちらの頼みを、引き受けてくれて、翌日、中央病院に「医事タイムス」の記者二人を、寄越してくれた。

そして、及川ゆみの病室で、小柴と若柳の二人が、会って、あらかじめ示し合わせておいた通りの、芝居をした。

即効性のある問題の薬が、研究用に、密《ひそ》かに、日本に輸入されているという話、小柴が、その薬を恋人の及川ゆみに、投与しようということで、臨床試験をすすめることなど、そうした話を、芝居としてやった後、取材を終えた二人の雑誌記者は、中央病院を出ていったのだが、会社に戻る途中で突然、大男に、捕まってしまった。

もちろん、その大男は、香取である。

二人の記者のうち、一人は逃げて、警官を呼んだが、もう一人は、逃げられずに香取の運転する車に、連れ込まれ、殴られた挙げ句、大男から、中央病院で、何を取材したのかをきかれた。

そこで、その記者は、十津川や小柴たちと、示し合わせておいた通りの芝居をした。

その後、かわいそうに、彼は、走っている車から、突き落とされたが、幸いなことに、ケガは軽く、そのまま会社に戻ったという。

その報告も、十津川の方に届いた。

（今までのところは順調だ）

と、十津川は、思った。

あとは、３Ｄ企画の出方である。

問題の薬は、すぐに日本に輸入され、これから動物実験が行われ、最後に人体に対する臨床実験がある。

一般の患者に使用できるようになるのは、副作用の有無や、本当に効果があるかなどの検査に、長い時間をかけた後のことになる。だが、一刻も早く、及川ゆみの病気を治すことを考えている小柴は、芝居ではなく本気で薬を彼女に、投与してほしいと考えていた。

それに対して、十津川は、刑事として、一応止めたのだが、若柳は止めなかった。十津川にしても、刑事としては、止めるが、友人としては、止める気はなかった。

とにかく、現在の及川ゆみの病状は、かなり重い。医師がいっていたように、精神が破壊されてしまっているのである。

そんな及川ゆみを見ていたら、恋人の小柴にしてみれば、どれほど、危険な薬だとわかっていても、その薬を、試そうとするだろう。

刑事の十津川は、３Ｄ企画の江崎社長たちが、どういう行動に出るかを、考える必要があった。

江崎社長と、彼の指示で、動いている個人秘書の香取が、何をしようとしているかを考えると、彼らが一番怖がっているのは、問題の薬が及川ゆみに投与されて、病状が、回復して記憶が戻ることだろう。

とすれば、江崎社長たちが、取ると思われる行動は、二つしか、考えられなかった。

一つは、問題の薬が中央病院に入ることを、阻止することであり、もう一つは、及川ゆみを殺してしまうことだろう。

その二つのどちらが、江崎社長たちにとって、より安心かといえば、及川ゆみが死んでしまうことだろう。

彼女が死ねば、問題の薬がどうなろうと、江崎社長や香取にとっては、ひと安心に違いないからである。

それに対して、十津川としては、中央病院の及川ゆみの病室を刑事で固め、及川ゆみを再び誘拐しようとしてやって来るだろう香取を逮捕すればいい。

といって、完全に刑事で固めてしまうと、香取は及川ゆみに、近づくことができないから、それでは香取を逮捕することは難しくなってしまう。香取が捕まるのを恐れて、及川ゆみに近づかないのでは困るのだ。

そこで、十津川は、中央病院に、刑事を配置したが、及川ゆみの病室の近くには、刑事を置かないことにした。難しい決断だが、犯人を油断させ、病室に引き込むには、そうするよりほかに、仕方がなかった。

こうした配置を徹底するため、十津川は深夜、小柴と若柳の三人で、中央病院の、特に五階の病室の配置を調べるために出かけた。

深夜の病院には、見舞客もいないし、医師も当直を除いては、全員帰ってしまっている。

看護師も、各階のナースセンターに一人か二人がいるだけで、その姿もない。静かそのものである。

病院の中に入った途端に、その静けさに、十津川は、ふいに不安になった。

こちらがいろいろと考えている間に、香取か、あるいは、３Ｄ企画が、先手を打って及川ゆみを誘拐してしまったのではないか？

エレベーターに乗って、五階に上がって、ナースセンターで、当直の二人の看護師に挨拶してから、及川ゆみの病室のドアを開けた。

途端に、十津川の顔が青ざめた。

小柴が大きな声で、何かを叫んだ。

ベッドが空で、そこには、及川ゆみの姿がなかったのだ。

2

及川ゆみの入っている病室には、特別に、その部屋だけの、監視カメラをつけてもらっていた。ナースセンターで見られるので、十津川たちは、監視カメラの映像を、全員で見た。

しかし、香取という大男が、侵入してきた形跡はない。

それどころか、監視カメラの映像には、及川ゆみが、一人で、厚手のコートを羽織って、病室を出て行く姿が、映っていた。

彼女は、自分の意思で一人、勝手に、病室を出ていったとしか思えなかった。

「これは、いったい、どういうことですかね？」

と、小柴が、看護師に、きいた。

「私たちにもわかりません。でも、このナースセンターの前を、及川ゆみさんは、通りませんでしたよ。通っていれば絶対に、わかりますから」

と、看護師の一人が、いう。

「この前を通らずに、表に出ていくことはできますか？」

と、十津川が、きいた。

「ええ、各階に、非常口がありますから、もし、最初からその非常口から出るつもりなら、ここを通らなくても表に行けると思います」

と、看護師が、いう。

「しかし、非常口には、カギが、かかっているでしょう？」

「はい。でもそれほど頑丈なものではなくて、時間をかければカギを外すこともできますよ」

と、看護師は、あっさりいう。

十津川たちは、この階の廊下、ほかの病室、食堂などを、必死になって探し歩いたが、そのどこにも、及川ゆみの姿はなかった。

通路に設置されている監視カメラの映像も、見てみた。

そこには、及川ゆみが、厚手のコートを羽織って、廊下を、非常口の方に向かって、歩いている姿が映っていた。

しかし、彼女のそばには、誰の姿も見えない。

とすれば、香取という大男が、連れ去ったとは、思えなかった。

不思議だった。中央病院に入院してから、ほとんど、自分の意思で動くことのなかった及川ゆみである。それが、どうして、ここにきて、自分自身の意思のように見える行動を取ったのだろうか？

そして、この事態を、どう解釈したらいいのだろうか？

押さえられていた彼女の意思が、突然、何かの拍子に自由になり、自分の意思で、中央病院の非常口から、外に出て行ったとでもいうのだろうか？

「彼女は、お金を、持っているのか？」

若柳が、小柴に、きいた。

「ああ、持っているよ。何かの時に必要になるかもしれないと、思って、私の財布を渡したんだ」

「どのくらい入っているんだ？」

「十万円と少しだ。正確な金額はわからない。お金を渡しても、まだ病が治癒していない彼女が自分の意思で、そのお金を使うとは、思えなかったんだが」

と、小柴が、いう。

しかし、小柴が渡したという財布は、病室の中には、見当たらなかった。着ていたパジャマは、ベッドの上に畳まれていた。クローゼットにあった彼女の洋服がなくなっていた。

とすれば、彼女は、その財布を持ち、私服に着替え、コートを羽織って、この病院を、抜け出したに違いなかった。

しかし、いったい何のために、どこに行こうとして、抜け出したのか？

十津川は、すぐに、この中央病院を監視するために配置しておいた二十人の刑事を総動員して、中央病院の周辺を調べさせた。

しばらくして、その刑事の一人が、十津川に報告した。

「この病院の近くにあるタクシー会社で運転手の一人が、三十分ほど前に、及川ゆみと思われる女性を、乗せたといっています。病院の裏に、立っていた女性がいたので、車を近づけたところ、乗り込んできたというのです。東京駅に行ってくれといったので、タクシー運転手は、彼女を、東京駅まで運んだそうです」

十津川、小柴、そして、若柳の三人は、すぐ、東京駅に向かった。

すでに夜が明けかかっていた。ただ、六時になってもまだ暗い。

十津川たち三人は、東京駅に着くと、時刻表を調べた。

三人が考えたのは、及川ゆみが北海道に行こうとしているのではないか、特に、釧路に行こうとしているのではないかということだった。他に、彼女が行きそうな所は考えられない。

北海道新幹線の始発『はやぶさ一号』の東京発は、六時三二分である。

現在六時四〇分、すでに、この列車は、北海道に向けて出発してしまっている。時刻表によれば、現在は上野駅を出た頃である。

三人は新幹線のホームで、これからどうしたらいいのかを考えた。

もし、この『はやぶさ一号』に及川ゆみが乗っているとしたら、JRに頼んで、彼女を途中の駅で下ろしてもらう。そして、こちらから、追いかけていって捕まえる。

それしか方法を、思いつかなかった。

しかし、及川ゆみが、『はやぶさ一号』に乗ったという証拠は、どこにも、ないのだ。すでに、六時をすぎているので、北海道新幹線以外の新幹線も、走り出しているから、当然、そちらに乗った可能性も、否定できない。

とにかく、何とかして及川ゆみを捕まえなければならない。

そこで、三人は東京駅の新幹線の駅長室に行き、『はやぶさ一号』の車内で、もし、及川ゆみと思われる女性が乗っていたら、どこかの駅で下ろして、そこに止めておくように頼んだ。

　時刻表を見ると、現在の時刻までに北に向かう新幹線は『やまびこ四一号』が六時〇四分に東京駅を発車しており、この列車の盛岡着は九時一九分である。

　次の『つばさ一二一号』なら、東京駅発は六時一二分で、これは山形の新庄に行くのだが、北海道に行こうとすれば、この『つばさ一二一号』を途中の福島で降りて、乗り換えなくてはならない。

　三人は、及川ゆみが北海道に、というよりも、北に向かって列車に乗ったと考えているのだが、具体的に考えられるのは、やはり釧路があるからである。

　しかし、精神を病んでいるのだから、北に向かわずに、西に行ってしまった可能性もないとは、いえなかった。

　東海道新幹線ならば、『のぞみ一号』は六時ちょうどに東京駅を発車して、博多に向かっている。彼女が西に向かう理由はほとんどないのだが、それでも精神を病んでいる及川ゆみのことである。東京駅に行き、間違えて西に行く列車に、乗ってしまったのかもしれなかった。

　万が一を考えて、新幹線の駅長室で、この『のぞみ一号』に彼女と思われる女性が乗っていたら、すぐに、知らせてくれるようにと、頼んだ。

　とにかく、タクシーの運転手は、及川ゆみと思われる女性を、東京駅まで運んだといい、十津川たち三人が、東京駅に来てみれば、そこに彼女の姿はない。

　当然、東京駅から出発する列車に乗ったに違いなかった。まず考えられるのは北海道であり、釧路である。七年前、釧路湿原で誘拐され、先日、釧網本線の駅で解放されたのである。

とすれば、彼女の行き先としては、北海道が最有力と考えられた。

十津川たちは、迷った末に、中央病院に引き返した。彼女がいた病室に入り、そこで、彼女が、なぜ、突然、病院を抜け出したのか、なぜ、タクシーで東京駅に向かったのかを、考えてみることにしたのである。

「おそらく、何かに、刺激されたんだよ。それしか考えられない」

と、若柳が、いった。

「私もそう思う」

と、十津川が、いった。

「医者の話によると、彼女は精神を病んでいるが、記憶力は、まだらな感じで、残っているらしい。誘拐されてからのことは、ほとんど、覚えていないかもしれないが、その前、まだ、健全だった頃の記憶は残っているんじゃないかと、思っている。その残っている記憶が、何かで刺激されたんだ。そのたった一つの記憶だけで、彼女は病院を抜け出し、タクシーを拾って、東京駅に行った。とすれば、やはり北海道に行ったのではないか？　それも、北海道の釧路湿原に行ったんじゃないのか？　そう思わざるを得ないね」

と、若柳が、いった。

「しかし、この中央病院に来てから、及川ゆみは、ほとんど、何もいわなかった。もし、一つでも、何か覚えていることがあれば、そのことをわれわれに喋ったはずだが、そういうこともなかった」

と、小柴が、いう。

「さっき、ナースセンターの二人の看護師さんに聞いたのだが、看護師さんたちも、及川ゆみと、話したことはないといっていた。だから、看護師さんたちの言葉が、刺激になったとは思えない」

と、若柳が、いった。

「とすれば、いったい何なのだろう？　病室には、新聞は入っていないし――」

と、いってから、

「ああ、そうか。テレビがあるな」

と、十津川が、いった。

「この病室にあるテレビは、夜十時から翌朝七時までは、消しているが、他の時間は、ずっと、付けっぱなしにしてある。最近はテレビで、日本中の観光地を取り上げたり、温泉や列車などの、紹介もしている。それで、彼女は、テレビの画面を見ていて、何かを思い出し、病院を、抜け出したのかもしれないね」

及川ゆみが、どのチャンネルが好きなのかはわからないので、この部屋のテレビはＮＨＫだけを、ずっとかけていた。

昨日の朝から、夜の十時まで何を放送していたのか、十津川は、亀井刑事と、ＮＨＫに確かめにいった。

二人は事情を話し、問題の時間帯に放送された、全ての番組を、チェックさせてもらうことにした。

録画されたものを、昨日の朝から、夜の十時までの分を、二人は、部屋を借りて、次から次へと、見ていった。

北海道の話題は、人々の観光熱を煽《あお》ると見えて、朝から夜の十時にかけて、三回も取り上げられていた。

一回目は、北海道新幹線、二回目は釧路湿原と知床、三回目は、ニセコである。北海道新幹線の方は、もっぱら列車の紹介で、北海道新幹線が、開通したために、東京から札幌まで行くのに、四時間と少ししかかからなくなったという点を強調していた。

問題は二番目の、釧路湿原と知床の紹介である。もちろん、知床も紹介しているので、釧網本線も出てくる。

その中で、十津川が、注目したのは、釧路湿原を取り上げた番組の中で、タンチョウヅルの写真が、何枚も、使われていることだった。

釧路湿原を優雅に飛び交い、また、産まれたばかりの幼鳥を連れて、タンチョウヅルの夫婦が釧路湿原を歩いている写真もあった。番組は、かなりの長い時間、それを放送していた。

「及川ゆみに、刺激を与えたのは、このタンチョウヅルかもしれないな」

と、十津川が、いった。

及川ゆみを取り返してから、すぐに釧路の病院に入れ、東京の中央病院に運んできたので、その途中で、及川ゆみは、タンチョウヅルを見ていない。

「彼女は七年間、誘拐され監禁されていた。その間、どこにいたのかはわからないが、もし、北海道にいたとすれば、タンチョウヅルを見ていた可能性がある。あるいは、彼女が監禁されていた場所の近くに、タンチョウヅルがいたのかもしれない」

十津川が、いうと、小柴が、

「もし、君の想像が当たっていれば、彼女は、テレビでタンチョウヅルを見て、あるいは、タンチョウヅルのいる釧路湿原を見て、自分が今まで監禁されていた場所を思い出したのかもしれないな。そして、なぜかわからないが、そこに行きたくなってしまったんだ」

「どうする？」

と、十津川が、小柴に、きいた。

「今のところ、十津川と同じことしか、おれには思い浮かばない。彼女はタンチョウヅルに刺激されたんだ。そう考えて間違いないだろう。だから、これからすぐ、釧路に行ってみたい。何かがつかめるかもしれないからな」

「わかった。三人で、すぐ釧路に行ってみよう」

と、十津川が、誘った。

十津川は、亀井刑事に、中央病院の警戒を緩めず、これまで通りに、監視をするようにいった。

「敵側には、及川ゆみが、病院を抜け出して、行方がわからないことは、まだ知られていないはずだ。だから、連中は、及川ゆみを殺しに、中央病院にやってくるかもしれない。人数はわからない。香取という大男一人だけかもしれないし、数人で来るかもしれない。とにかく、入ってきたら、捕まえてくれ。私は小柴と若柳と、これから釧路に行ってくる」

その後、十津川たちは、モノレールで羽田空港に向かった。

## 3

羽田から釧路まで、一日七便の飛行機が、飛んでいる。

それでも、席が取れたのは、一一時二五分発の、全日空の便だった。釧路に着くのは、十三時、午後一時である。

三人の乗った飛行機は、ほぼ満席だった。それだけ、この季節、北海道は、観光シーズンのピークということかもしれなかった。

十三時より五分遅れて、飛行機は、釧路空港に、到着した。

釧路空港には、季節外れの、小雪が舞っていた。

釧路で降りると、十津川たちは、すぐその足で、道警釧路警察署に行き、渡辺警部に挨拶した。

署長には、東京で起きた事件について説明し、協力を要請した。

「つまり、精神を病んだ及川ゆみは、タンチョウヅルを見るために病院を抜け出して、釧路に来ているか、あるいは、釧路に、向かっている。そういうことですね？」

と、署長が、きく。

十津川は、病院で写した及川ゆみの写真を見せた。

「洋服を着て、厚手のコートを羽織っています。たぶん、靴は、院内で、履いていたのと同じ、紐《ひも》のついていない、簡単に履ける白色の靴だと思います」

と、十津川が、説明した。

彼女は、小柴の渡したお金を、持っている。

病んでいるから、途中で新しく、服やマフラー、靴などを買うようなことは、しないだろう。おそらく、まっすぐ北海道に、タンチョウヅルを、見に来るはずである。もちろん十津川の推理が当たっていればの話なのだが。

十津川たちは、釧路警察署を出て、タンチョウヅルのよく見られる釧路湿原に、向かった。

タンチョウヅルといえば、釧路湿原であり、鶴居村である。今でも、鶴居村の人たちが、タンチョウヅルに、餌をやっているといわれている。

三人は、釧路のホテルに泊まりながら、鶴居村の周辺を徹底的に、及川ゆみを、探すことにした。

四月の中旬をすぎていても、北海道の網走や知床では時々、雪が舞う。その雪の中でも、タンチョウヅルを、見るために、観光客が釧路湿原にやって来る。

十津川たちは、その日から毎日、釧路湿原を回りながら、及川ゆみを探した。

釧路警察署の、渡辺警部たちも、十津川たちに協力してくれた。

だが、及川ゆみは、なかなか見つからなかった。

東京に残っている亀井刑事たちは、中央病院から、及川ゆみが抜け出したことを、マスコミには、発表しなかった。とにかく、今まで通り、彼女は中央病院に、入院しており、引き続き治療を受けているということになっていた。

３Ｄ企画の香取たちが、その嘘《うそ》を信じて、彼女を誘拐するため、あるいは、殺すために中央病院に、忍び込んでくるのを、亀井たちは、じっと待ち続けた。

及川ゆみが失踪してから、五日目、「医事タイムス」に、薬の話が載った。

「アメリカで、病んだ精神を癒《いや》すような、あるいは、病気の進行を止める薬が開発されて、すでにアメリカでは、使われている。

その薬を中央病院が輸入し、現在、入院している患者に、試験的に投与することになった。

アメリカの精神科医たちの話によれば、かなりの効能があり、アメリカでは、中東戦争などで、精神を病んだ人たちが、この薬を、投与されて、三〇～五〇パーセントの回復を示していると、いわれている。

中央病院でも、日本人の患者にも効果があることがわかれば、厚労省に、この薬の投与を、あるいは、臨床実験を速やかに実行するように要請することになった」

これが「医事タイムス」に載った記事である。

この記事のことは、釧路にいる、十津川たちにも知らされて、十津川は、亀井たちを電話で励ました。

「この記事は、犯人たちにとって、かなりの衝撃だと思う。この薬によって、及川ゆみの病状が回復し、正確な記憶を、取り戻したら、自分たちの身が、危なくなる。もし、彼らがそう考えたら、近いうちに、中央病院に入り込み、及川ゆみを、誘拐するか、殺そうと考えるはずだ。それを考えて、警戒しろ」

と、十津川が、指示した。

4

依然として、及川ゆみは、見つからなかった。

タンチョウヅルを見に来るとすれば、すでに、釧路に着いているはずである。

連日、十津川たちは、釧路湿原で彼女を、探し回った。

「これだけ探しても見つからないとなると、釧路以外に行ってしまったのか、どこかの家かホテルに入ってしまっているとしか考えられないね」

と、小柴が、いった。

「そうかもしれないな。何しろ、七年間も、見つからなかったんだ。その間は、この釧路にいても、誰かの家に監禁されていて、外には出歩かなかった。それで、見つからなかった。おそらく、この釧路湿原の中か、あるいは、近くの個人の家の中に監禁されていたのではないのか？　外に一度も出なかったから、七年間も、彼女は見つからなかったんだろうと思うね。その家は、かなり大きかったんだと思う。テレビで釧路湿原とタンチョウヅルを、見ているうちに、監禁されていた家のことを思い出したとすれば、この近くで、大きい家、それから寝る時はベッドの家だろう」

と、十津川が、いった。

「そうだとすると、彼女は自分の方から、犯人のところに、行ったことになる。そうなると、やばいぞ」

と、小柴が、いい、

「その危険、たしかにあり得るね」

と、若柳も、いった。

それを受けてすぐ、十津川は、東京の亀井に電話した。

「カメさんに、至急調べてもらいたいことがある。北海道の釧路地方だが、そこに3Ｄ企画の寮か、江崎社長の別荘か、そんなものがあるかどうか調べてくれないか？」

すぐ亀井から、返事があった。

「釧網本線に摩周という駅があって、その駅から、車で十五、六分のところに3Ｄ企画の、江崎社長の別荘があったそうですが、名義は、江崎社長にはなっていません。奥さんの名義の別荘です。最近、急に売り払って、現在は、江崎社長や奥さんの名義には、なっていません」

と、亀井が、いった。

「その別荘だが、七年前は江崎社長夫妻が本当に使っていたのか？」

「そうですね。江崎社長も奥さんも、スキーをやるそうで、冬の一時期は、その別荘をよく使っていたと、社員たちがいっています」

と、亀井が、いう。

最近になって、売り払ったというのは、おそらく、そこに、及川ゆみを監禁していたのでその監禁の証拠が、残っているような別荘だから、売って、しまったのだろう。

「了解した」

と、十津川が、いった。

十津川たちは、釧路警察署の渡辺警部に話し、摩周駅近くの問題の別荘に、パトカーを走らせてもらった。

亀井刑事が、いっていたように、その別荘は売り払われる前は江崎社長の妻の名義になっていた。すでに、売り払われて、現在、ホテルに、改修するための工事が、進んでいる。現場では、新しい所有者の藤田《ふじた》という男が、改装に当たっていた。何でも、札幌と函館にも、大きなホテルを持っているという会社の社長である。

十津川たちの質問に答えて、藤田は、

「前々から、この建物を狙っていたんですよ。場所がいいし、かなりの広さの敷地がありますからね。最近になって、持ち主がやっと手放し売り出したので、すぐに、買いました。今年はもう無理でしょうが、改装を済ませて、来年の冬には、観光客で一杯にしてみせますよ。何しろ、釧路と知床という北海道の名所のちょうど中間にあり、スキーをやったり、タンチョウヅルを見に行くには、便利ですからね。地元の不動産屋に聞いたのですが、時折、ツルが、この家の庭に舞い降りることもあると、いっていましたから、それも魅力ですね」

と、いった。

「それでは、前々から、この家を、買おうとして、時々は、見に来ていたんじゃありませんか？」

と、小柴が、きいた。

「ええ、もちろんそうです。今年の冬も去年の冬も、来ていましたよ。どなたかの別荘だったのですが、あまり、使っていなかったようでしたから変に寂しい別荘だなと、思っていたんです」

「この別荘に、若い女性は住んでいませんでしたか？　こんな感じの女性なんですが」

と、小柴は、及川ゆみの顔写真を相手に、見せた。

藤田は、

「そうですね」

と、写真を見ながら、

「この人かどうかは、わかりませんが、若い女性を、見かけたことはありましたよ。年齢は、二十代の後半でしょうかね。普通ならスキーに行くとか、タンチョウヅルを、見に行くとかするんでしょうが、私が見た時は、いつも、家の中にいましたね。何でも、その若い女性は別荘の持ち主の遠縁に当たり、足が悪くて外出ができないと、そんなことを地元の不動産屋から、ききましたよ」

と、いう。

「この辺にタンチョウヅルが、来ることがあると、いわれましたね？　時々、タンチョウヅルが、来ていたんですか？」

と、十津川が、きいた。

「これは、本当はちょっとまずい話なんですがね。タンチョウヅルのつがいが、この別荘の庭に、迷い込んできたことがあったというんです。幼鳥を、連れていたのですが、親鳥の方が、車に轢《ひ》かれて死んでしまった。

本来なら、タンチョウヅルの、残った幼鳥は研究施設に知らせて引き取ってもらわなければいけないんですが、なぜかわかりませんが、残った幼鳥を、この家で、飼っていました。それで、別荘の持ち主にきいてみたんですよ。そうしたら、足の悪い遠縁の娘が、タンチョウヅルの幼鳥を離そうとしないというのです。よほど気に入っていたんでしょうね。そこで、この別荘の持ち主は、タンチョウヅルの研究所には、内緒にして、しばらくの間、幼鳥を、別荘の中で飼っていたそうですよ。

よほど、警察に知らせようかと思ったんですが、とにかく、足の悪い娘さんが夢中になって、餌を与えたり、親鳥の代わりに、その幼鳥を、可愛がって世話をしているというので、私は誰にも知らせず、黙っていたんです」

「それで、その幼鳥は、どうなりました？」

「その、足の悪い娘さんがとにかく一生懸命になって、育てていたようです。何でも、『タンチョウヅルの育て方』という本を手に入れて、それを見ながら、親鳥の代わりに、餌をやっていたらしい。雛鳥《ひなどり》は親鳥からしか餌を食べませんから娘さんは、タンチョウヅルの形をした帽子をかぶったり、親鳥のくちばしの格好をした手袋をはめて、餌をやったりして、親鳥の代わりに雛を育てていたそうです。

その結果が、どうなったのかは、わかりませんね。私が最近、この別荘を、買った時には、足の悪い娘さんもいなかったし、タンチョウヅルもいなかった。ちゃんと、育っていれば、もう成鳥になっているはずですけどね。まあ、いいように、考えれば、そのタンチョウヅルの雛は、娘さんのおかげで、大きく育って、仲間のところに飛んでいったのかも、しれません、そう考えた方が楽しいですからね」

と、藤田が、いった。

「やっぱりテレビだよ」

と、若柳が、小声でいった。

「中央病院の病室でテレビを見ていたら、タンチョウヅルが、映っていた。それで、及川ゆみは、この別荘のことを、思い出したんじゃないですかね？　この別荘で、親を失った幼鳥を内緒で育てていた。そのことを、思い出して、病室を、抜け出したのではないかと思いますね。しかし、ここに来た形跡はないから、どこかで、道に迷って、いるのかもしれないな」

と、若柳が、いった。

釧路の鶴居村に、タンチョウヅルの研究所がある。このあと、十津川たちは、そこに行ってみることにした。

タンチョウヅルの研究所に着くと、十津川たちは、所長に会って、摩周駅の近くにあったあの別荘のことをきいてみた。殺人事件のことは、ふせてである。

「実は、私たちの知り合いが、釧網本線の摩周駅から車で、十五分ほどのところに、別荘を持っていましてね。そこに、足の悪い娘さんがいたんです。ある時、その別荘の庭にタンチョウヅルの親子が、紛れ込んできたというんです。親鳥が交通事故で、死んでしまって、雛鳥だけが、残されてしまった。本来なら、こちらの研究所に届けなくてはいけないのでしょうが、その足の悪い娘さんが、どうしても、自分で育てたいといい張って、ひとりでタンチョウヅルのことを研究しながら、餌をやって、育てていたというのです。その雛鳥は、すでに、成鳥になっていると思いますが、この別荘から、タンチョウヅルを引き取ったことは、ありますか？」

「ちょっと待って下さいよ」

と、いって、所長は、全てのタンチョウヅルの記録書類を取り出して、それを調べていたが、

「最近、たしかに、摩周駅の近くにある別荘に、タンチョウヅルを引き取りに、行きましたよ。今、あなたがいったように、その別荘には、足の悪い娘さんがいて、どうしても、雛鳥を飼いたいというので、本当は、黙って飼ってはいけないのですが、その別荘で、娘さんが、育てていたというのです。われわれが引き取りに行った時には、すでに、立派な成鳥になっていました。素人の女性が、よくここまで、育てたものだと、私たちも、感心しましたよ。無事に、タンチョウヅル一羽を、引き取ったのですから、私たちの方は、別荘の持ち主のことも、足の悪い女性のことも、警察には、話しませんでした」

「その時に、その足の悪い娘さんには会ったのですか？」

小柴が、きいた。

「いえ、会いませんでした。その娘さんのことをきいていたので、できれば一度は会って話をしたいと、思ったのですが、何でも、半年前に亡くなったと、別荘の持ち主の人がいっていましたね。最後まで、その娘さんは、自分が育てたタンチョウヅルを可愛がっていたともいっていましたね。だから、その娘さんには、結局、一度も、会っていないのですよ」

と、所長が、いった。

たぶん、足の悪い娘というのは、誘拐して監禁されていた、及川ゆみのことだろう。外に出してはまずいので、周りには、足が悪いといっていたのかも、しれない。

その娘、おそらく、及川ゆみだろうが、彼女が育てたという、タンチョウヅルにも、十津川たちは、会わせてもらった。

研究所の所長は、

「さきほどもお話ししましたが、素人がよく育てたと、感心しましたよ。しばらく、ここで自然に戻すための訓練をします。自分で餌を取れるようになったら、放鳥する予定です。多分、今年の冬には、つがいになって、雛を見せてくれると期待しているんですがね」

と、教えてくれた。

所長に礼をいってから、三人は、釧路のホテルに戻った。

それを待っていたかのように、東京の亀井から、電話が入った。

「犯人、逮捕しました」

亀井の声が、弾んでいる。

「詳しいことを話してくれ」

「例の大男の香取です。われわれは、病院に忍び込むのは夜だと思っていたのですが、昼間やって来ました。見舞客に、なりすまして、花束を抱えて、病室に入ってきたのを、待ち構えて逮捕しました。入院している及川ゆみを助けるつもりだったと、自供していますが、誰の命令かについては、何も喋りません。３Ｄ企画の江崎社長の命令かときくと、あの男には愛想が尽きたので、ケンカして、会社を、辞めてやった。だから、３Ｄ企画にも、江崎社長にも、関係ない。自分は、北海道で一度出会った、及川ゆみという女性に一目惚《ひとめぼ》れして、彼女が病院に監禁されているのを、助けようとして、病室に忍び込んだというのです。それだけしか、いっていません」

「３Ｄ企画の江崎社長とは、ケンカ別れしたといっているのか？」

十津川は、思わず、苦笑した。

「江崎社長にも、一応、香取という個人秘書を、逮捕しましたと連絡しておきました。何らかの、反応を見せるのではないかと、思いましたから。今のところ、これという反応を、示していません。たぶん、香取という男は、クビにして、退職金も払ったから、３Ｄ企画とも、自分とも、何の関係もないと主張する気なんでしょう」

と、亀井が、いった。

東京で、香取が逮捕されたことで、捜査は一歩前進したと、十津川は、考えた。

あとは、一刻も早く、及川ゆみを見つけ、彼女が、摩周にあった、江崎社長の元・別荘に、監禁されていたことが証明されれば、江崎社長を逮捕することができると、十津川は、考えた。

そこで、十津川は、もう一度、摩周にある問題の建物を、見に行った。

その間、小柴と若柳の二人は、釧路湿原に、及川ゆみを、探しに行った。

この日も、別荘の改修が行われていた。

十津川は、現場で新しい持ち主の、藤田にもう一度会うと、

「改修する時に、いろいろな、ガラクタがあって、それを、片付けるわけでしょう？　それを、全部、見せてくれませんか？」

と、いってみた。

「もちろん、そんなものは、全て差し上げますよ」

と、藤田は、笑って、

「私としては、新しいホテルは、かなり、高級なものにしたいと、思っているんです。ですから、別荘の時にあったものは、全て処分するつもりです。近くに、場所を借りて、そこに運んでいます。その後、全部、燃やしてしまうつもりですから、もし、ご覧になりたければ、そこで、見てくださ い。何でも、持っていって、構いませんよ」

と、いった。

たしかに、近くに、ロープを張った場所があり、そこには、別荘にあったさまざまな食器類とか、家財道具などが、乱雑に放り込まれていた。

十津川は、そこに、積まれているものを、一つ一つ丹念に、調べていった。どこかで、及川ゆみと、つながるものが見つかれば、この別荘に彼女が監禁されていたという証拠になると思ったからである。

女性の化粧道具も、見つかった。

しかし、その化粧道具が、監禁されていた及川ゆみが、使っていたのか、他の女性が使っていたのかはわからない。

そこで、とにかく、それを、袋に入れた。何か関係のありそうなものがあれば、全て持っていくつもりだった。

もう一つ、ガラクタの中から見つかったのは、タンチョウヅルの親鳥の首から頭の部分を、布で作った手袋だった。

それを拾って、十津川は、右手にはめてみた。ちょうどひじのところまで入る、手袋のようになっている。先端には、タンチョウヅルの赤い額、そして、鋭いくちばしが、付いており、そのくちばしには、指が入るようになっていて、指を動かすと、パクパクと動いた。

たぶん、これを使って、及川ゆみは、親鳥に代わって、雛鳥に、餌を与えていたのだろう。

タンチョウヅルは、かなり神経質な鳥で、人の手からは、餌を食べないといわれている。そこで、研究所では、タンチョウヅルの親の首のように作った手袋を手にはめて、親のように見せかけて、餌をやるのだと聞いていたから、及川ゆみも、それに倣ってこの手袋を使ってタンチョウヅルの雛を育てていたのだろう。

そのほか、別荘で使っていたと思われる壊れた食器類も見つかった。

十津川が、気になったのは、女性用の茶碗に、タンチョウヅルの絵が描かれていたことだった。その茶碗は、監禁されていた及川ゆみが、使っていたものかもしれない。そう思い、欠けた茶碗も、袋の中に詰め込んで、持ち帰ることにした。

十津川の持ち帰った欠けた食器類や使い捨てた化粧品などは、小柴を喜ばせた。

化粧品については、

「七年前に、付き合っていた頃の彼女は、たしかに、この、S社の製品を使っていたよ。監禁されていた別荘に、ほかの製品が見つからなければ、彼女が別荘に監禁されていた傍証になる」

と、小柴は、いい、欠けた茶碗については、

「まず、この茶碗に付いている指紋を、調べてみてくれないか。もし、彼女の指紋と一致すれば、あの別荘に、監禁されていたことが、はっきりするからね。それに、茶碗に、描かれたタンチョウヅルの絵が気になる。彼女は、北海道が、好きだったが、好きなことの半分以上は、タンチョウヅルだったと、思う。とにかく、彼女は、タンチョウヅルが、好きだったから」

と、いった。

十津川は少しずつ、事件の真相が、明らかになっていくような気がした。

しかし、それと同時に、不安も大きくなっていった。肝心の及川ゆみが、依然として見つからないからである。

# 第七章　雪の日のタンチョウ

## 1

十津川の胸の中で、不安が交錯した。わざと相手を、困らせるような細工をしたので、彼らが先に、及川ゆみを探し出したら、間違いなく、殺すだろう。

それを防ぐためには、相手よりも先に、何としてでも、及川ゆみを見つけ出さなければならない。

東京から亀井も応援にかけつけた。

北海道警にも、応援を頼み、主として、釧網本線の周辺を探してもらうように頼んだ。もちろん、十津川たちも、また小柴や若柳も及川ゆみを必死に探すことになった。だが、なかなか見つからない。

及川ゆみは精神を病んでいる。おそらく、記憶の方もまだらになっているだろうと、医師はいっていた。はっきりと覚えていることと全く覚えていないことの、差が激しいというのである。

そんな中で、唯一の手掛かりといえるのは、監禁中に育てたというタンチョウヅルの存在である。もし、現在行方不明の及川ゆみが、自分の育てたタンチョウを探して、さまよっているのであれば、タンチョウの群れがいる所、釧路湿原や鶴居村周辺にいる可能性が高い。そこで、十津川たちは、タンチョウのいる場所を求めて歩き回った。

及川ゆみが失踪して三日経ち、四日経ったが、いぜんとして行方がつかめない。五日目も釧路湿原を、及川ゆみを求めて、探し回っていた。

七日後、及川ゆみが救急車で、釧路市内の病院に運ばれた、という知らせが飛び込んできた。

十津川は急いで、釧路に引き返した。釧路市内の救急病院である。応急手当てをした医師に話をきくと、釧網本線の塘路駅近くの線路脇に倒れていたと、通報があったので、釧路の救急車が駆けつけ、意識不明のまま運んできたのだという。

及川ゆみは、ベッドで、こんこんと眠っていた。

小柴が、救急車で運ばれて来た時の様子をきいた。

「救急隊員の話では、線路の脇に倒れていたそうです。実は、昨日、網走発釧路行きの電車が、午後六時過ぎに、塘路駅の近くを走行中、何かをはねたらしいと、運転士が釧路に着いてから駅長に話したそうで、それで、ひょっとすると人身事故ではないか、そう思い、救急車の出動を要請しました。そうしたら、今言ったように線路脇に患者が倒れていた。そこで急遽、この病院に運んで来たというのです」

と、医師がいった。

「その時の容態は、どうだったんですか？　線路上にいて、列車にはねられたんだったら、重傷だったんじゃないですか？」

と、小柴が、きいた。

「それが幸いにも、腰と両足を骨折していますが、奇跡的に症状は軽いんですよ。たぶん、線路上に倒れていたのではなくて、線路脇にいたところを、列車が腰または足に、接触したのではないかと思っています。そのため、運転士も、はっきりと人身事故だとは、思わずに、終点の釧路まで来て、駅長に話をしたらしい。一応、傷めた腰や両足は手当てをしておきました。ただ、この患者は体の負傷よりも、精神の負傷の方が、大きいようですね。発声はできると思うのですが、何をきいても返事をしません」

と、医師が、いった。

暮れなずむ線路脇で、及川ゆみは一体何をしていたのか？　十津川にもわからないし、小柴にもわからなかった。

痛みを和らげるために、病院では、及川ゆみに鎮痛剤の注射を打ち、睡眠薬も、与えているので、朝になっても、及川ゆみは眠り続けていた。

彼女のことは、小柴や若柳や、それに応援に来てくれている道警本部の刑事三人の、合計五人で守ってくれるように頼んでから、十津川と亀井は、夜明けを待って、及川ゆみが列車に接触した場所に行ってみることにした。

まだ、いぜんとして、釧路の辺りは肌寒かった。空は灰色で、二人が現場に着いた頃には粉雪が、舞い始めた。その粉雪の中で、十津川と亀井は、周辺の聞き込みを、開始した。

まず、釧網本線の塘路駅の近くにあるカヌー乗り場などで、用意してきた及川ゆみの顔写真を見せて、この女性を見たことがないかをきいて回った。

が、十津川が期待するような答えは返ってこなかった。誰も、及川ゆみを見ていないのである。

そこで、次に釧路湿原の北にある鶴居村へ行ってみた。

ここは、タンチョウの餌が少ない時期、村人が、毎日、餌を与える村として有名である。

さすがに、ここには、タンチョウが集まっていた。それを見物する場所もあった。餌を持った村人が姿を現すと、けたたましい鳴き声をあげて、タンチョウが集まってくる。

それをカメラに収めようとする観光客も集まってくる。今年生まれた幼鳥もいる。

十津川は、その様子を、しばらく眺めていた。

ほとんどのタンチョウは、つがいか、幼鳥を連れている。が、たまに、一羽だけのタンチョウもいる。

及川ゆみは、そうした仲間外れになっているタンチョウを探しに、東京から、この釧路湿原にやって来ていたのだろうか？　もし、その通りだったら、何のためだったのか？

十津川は今朝、新聞で読んだ記事を思い出していた。国の特別天然記念物のタンチョウヅルが、今年は今までで最高の千三百二十羽確認されたという、記事だった。

そのため、一ヶ所に集まっているのではなくて、釧路湿原の外にまで、つまり、道内の各地でタンチョウが目撃されているという。

とすれば、及川ゆみが、列車に接触して倒れていたという現場近くにも、タンチョウがいたのかもしれない。

及川ゆみが、何の目的もなく、東京の中央病院を抜け出し、この釧路湿原や釧網本線の、沿線近くに来ていたとは考えにくい。多分、自分が監禁されている時に、育て上げた、タンチョウのことを思い出して北海道にやって来ていたに違いない。

列車の運転士の話では、たまに線路脇で、餌を探しているタンチョウヅルも、いるということだった。

とすれば、千三百二十羽のタンチョウの中に、自分が育てた一羽が、いるのではないかと及川ゆみが考え、それを探しに来ていることは、じゅうぶん考えられた。

そこまで考えて、十津川と亀井は、釧路に戻ってレンタカーを借り、車内に釧路警察署で借りた毛布を詰め込んで、しばらくの間、問題の現場で、レンタカーに泊まりながら、タンチョウがやって来るのを待つことにした。

二日が経って、ようやく、一羽のタンチョウが目の前に現れた。

卵を産み、雛を育てる。そうした時期のはずなのに、そのタンチョウは一羽だけだった。

十津川は、タンチョウ保護センターに電話をして、今、目の前にいる孤独なタンチョウについて、どういうタンチョウなのかをきいてみた。

保護センターの答えはこうだった。

「今の時期、多くのタンチョウがつがいになり、巣を作り、卵を産み、あるいはそれが雛に育ちます。そうすると、夫婦は子供の雛を連れて、釧路湿原を、歩き回ったりするものなのですが、一羽だけというのは、たぶんつがいの相手が車にはねられるか、事故に遭ったか、病気になったりして亡くなってしまった。そういう、タンチョウだと、思いますね」

と、教えてくれた。

今、十津川の目の前にいる孤独なタンチョウが、及川ゆみが監禁中に、雛から育てたタンチョウかどうかはわからない。しかし、三日前にも、このタンチョウはやって来ていて、たぶん及川ゆみと、出会ったのだ。

ゆみも、この孤独なタンチョウが、昔監視されていた自分が、育てたタンチョウかどうかはわからなかっただろう。

しかし、及川ゆみは、その一羽だけのタンチョウを見て、病んだ精神の中で何か心温まるものがあったか、逆に、悲しい思い出が甦《よみがえ》って、ここで夕方になってもタンチョウのそばにいたのかもしれない。

十津川は、目の前のタンチョウを写真に撮り、一旦、釧路の病院に、引き返した。いぜんとして、及川ゆみは、眠り続けていた。

その顔に、ちらりと目をやってから、十津川は、「このままでは、動きが取れない。及川ゆみは取り返したが、犯人を逮捕するまでには行きそうにない。そこで、美談をでっちあげようじゃないか」

と、小柴と若柳の顔を見た。

「どんな美談だ？」

と、小柴が、聞く。

「よくあるじゃないか。精神が、壊れてしまった人がいた。その人は、あるショックを受けて、おかしくなっていた精神が元に戻った。そういう美談だよ」

「よくある話だな」

と、若柳がいった。

「しかし、美談を作ってどうするんだ？」

小柴が十津川にきく。

「それをマスコミに流すんだよ。ありふれた美談だから、敵も信じるんじゃないか。タンチョウを助けようとして列車に接触して、及川ゆみは、ショックを受けた。そのため、失った記憶の一部を、取り戻している。医師は、及川ゆみの病状についてこう説明する。『この患者は、ある大きなショックを受けて精神が壊れてしまった。ここにきて好きなタンチョウを見たり、そのタンチョウを助けようとして列車に体が接触したりして、ショックを受けた。こうした新しいショックを受けると、時には失った記憶が甦って来ることがある。どうも、今回のケースはそれに似ていて、大いに期待が、持てると思われる』とね。この美談をマスコミに流すんだよ。今もいったようによくある話だから、連中も、信用する。そのうえ、アメリカで開発された例の薬、それを飲ませればショックと薬の相乗効果で、七〇パーセント位の確率で、正常な意識を取り戻すだろう。そう医者に証言してもらうんだ。そうすれば、連中は及川ゆみが正常な神経に戻るのを恐れて、それまでに何らかの動きを見せるはずだ」

十津川が言うと、小柴が反論した。

「この病院はガードが堅いと思っている。そのうえ、及川ゆみの病室ではわれわれ二人、それに、北海道警の刑事三人が交代で警戒に当たっている。

これでは敵も、簡単に乗り込んで来ることはできないよ。罠を仕掛けても、それに乗ってこなきゃ、どうにもならないだろう？」

といった。

「確かに、このままでは敵も、この病院に侵入するのは難しい。そこで、これも提案なんだが、北海道警から、若い女性刑事を一人、応援に寄越してもらう。なるべく顔が、及川ゆみに似ていて、体つきも似ている刑事が、欲しい。それを及川ゆみということにして、現場検証に立ち会わせるんだよ。敵も、この病院に入って来るのは難しいかもしれないが、現場検証中の及川ゆみにならば、殺そうとして、現場にまでやって来る。これは、間違いない」

十津川がいった。

「現場検証しているところを狙わせるというのは面白いな。しかし、ニセモノとわかってしまったら、逆効果だぞ」

と、若柳がいった。

「だから、ニセモノには、頭からすっぽりフードを被《かぶ》せる。その方がもっともらしいから敵は信じるんじゃないか。全く無防備の状態でニセモノを連れて行ったら、危険になる。そこで、防弾チョッキを着せる。その上からコートを羽織らせ、フードを被せよう。却《かえ》ってそうした方が、敵は及川ゆみ本人だと信じるはずだ」

と、十津川がいった。

道警から、若山《わかやま》みどりという女性刑事が派遣されて来た。顔はあまり似ていないが、背格好は及川ゆみに、そっくりだった。十津川は、若山に事情を説明し、協力を頼んだ。危険な任務であることを了承し、若山刑事は引き受けてくれた。その若山刑事に防弾チョッキを着せ、その上からコートを羽織らせた。北海道なので、少し着ぶくれしても、おかしくはない。フードで顔を隠し、その周りを十津川たちが囲んで、パトカーで現場に向かった。

十津川たち刑事が、彼女を囲むようにして、現場に行く。敵も、及川ゆみの意識が、回復したので、彼女を連れて現場検証に来たと思うだろう。

敵が狙うとすれば、銃で狙うだろう。攻撃する方も、猟銃許可証を持っていれば猟銃を持っていてもおかしくない。

そこで十津川は、現場の周辺五十メートル、百メートル、二百メートルと、円形に距離を測り、そこに、私服刑事を待機させた。

コートとフードは、線路脇に倒れていた及川ゆみが、着ていたコートであり、被っていたフードである。

現場検証がそれらしく進行していく。

その時突然、一羽のタンチョウが、現れて、近くに舞い降りた。身代わりになっている女性刑事が、そのタンチョウを見て、つい、手を差しのべた。

その瞬間、轟然《ごうぜん》と発射音が聞こえ、身代わりの女性刑事がその場に、倒れていった。

途端に、現場周辺を三重にも四重にも取り巻いていた刑事たちの輪が、一斉に動き出した。

十津川は、倒れた女性刑事に駆け寄り、

「大丈夫か？」

と、声をかけた。

女性刑事が寝たまま、にっこりとした。どうやら、防弾チョッキが弾丸を食い止めたらしい。

立ち上がろうとするのを、

「そのまま寝ていろ。救急車を呼ぶ」

と、十津川がいった。

十分後、百メートルの圏外で逃げようとした分厚い革コートの男を逮捕した。銃は持っていなかったが、数メートル離れた場所に捨てられていたイギリス製の水平二連銃が発見された。

犯人を追いかけた道警の刑事は、追いついた時、その相手が、老人であることに、初めて気が付いた。てっきり、若い男か、あるいは中年の男かと、思っていたのである。

その老人を逮捕した道警の刑事が、猟銃と一緒に、釧路警察署に連行してきた時、十津川は、意外な気がした。

どう見ても、七十代の男である。

十津川は、3D企画の江崎社長か、彼の雇った若い男が狙ってくるだろうと思っていたのである。

「容疑者は、ずっと黙秘を続けています。何も喋りません」

と、連行してきた刑事がいう。

「身元のわかるものは、持っていないのか？」

と、道警の警部がきく。

「それらしいものは何も持っていません」

と、刑事がいう。

十津川は、押収したイギリス製の水平二連銃を手に取ってみた。

細かい彫刻がほどこされた、高価な感じの猟銃である。その一発が使われたことはわかる。

しかし、老人は革の手袋をはめているので、指紋は付いていないだろう。

それでも、十津川は老人の指紋を採り、検察庁に送ることにした。前科者カードで照合してもらうためである。

回答はすぐ来たが、前科者カードには載っていないというものだった。

十津川たちは、イギリス製の猟銃から、その持ち主の名前をたどろうとした。

しかし、この猟銃を作っている会社は、もともと小さく、五年前に倒産していて、販売した客の名簿はなくなっているというのである。

身元がわからないままに終わりそうだったのを助けたのは小柴だった。

「3D企画の江崎社長の父親だよ。江崎徳之助《とくのすけ》、3D企画の創業者だ」

と、いうのである。

「しかし、3D企画の創業者は、亡くなったんじゃないのか？」

「それは、彼が息子に会社をゆずる時、これからは私に頼るな。私は死んだものと思えといったのが、死んだと誤り伝えられたんだ。事実、創業者の江崎徳之助は、息子のやり方に全く口を挟まなくなっている。どこかの田舎で隠遁《いんとん》生活を送っているということだったが、亡くなったとも噂されていたんだ」

と、小柴がいう。

しかし、老人は黙秘を続けて、江崎徳之助であることを認めず、十津川たちを手こずらせた。

十津川が仕方なく、

「息子さんを呼びますよ」

と、いうと、やっと、江崎徳之助であることを認めた。

一度、認めてしまうと、老人は、逆に能弁になった。

十津川は相手が老人なので、敬意を表して丁寧に質問した。

「3D企画の創業者は、亡くなったとうかがったんですが」

と、念のためにきいた。

「私はね、息子がどうにも不安で仕方ないので、息子にいったんですよ。誰かにきかれたら、父親は死んだといえ。そうすれば、取り引き相手は私のことは考えずに、お前に交渉してくる。そうでもしないと、お前はいつまでも私を頼ってしまって、一人前になれないと、いったんです。それで、息子は私のことをきかれると、死んだといっていたんでしょう」

と、いう。

小柴の言葉が正しかったのだ。

「しかし、なぜ、猟銃を持ち出して、撃ったんですか？」

道警の渡辺警部がきいた。

しかし、その質問に対して、江崎徳之助は、すぐには答えなかった。

そこで、十津川がいった。

「あなたは、こんなふうに考えたんじゃありませんか？　社長になった息子さんが、まずいことばかりやっている。このままでは自分が作った3D

企画が潰れてしまう。そこで、あなたは、全ての責任を自分が背負って、犯人になり、会社を守ることを考えた。正確にいえば、会社と、息子の江崎社長を助けようとした。猟銃を持ち出し、撃った。あなたの腕は、確かなものだった。命中しましたよ。しかし、あなたが狙ったターゲットはニセモノです。しかも、防弾チョッキを着ていたので、死ななかった。あなたは失敗した。そのお陰で女性刑事が一命をとりとめ、あなたは、殺人未遂で終わったのです」

「本当に助かったのですか？」

やっと徳之助が口をきいた。

「間違いなく、助かりました」

「しかし、私が撃ったんだ。私が犯人だ」

と、徳之助が大声を出した。

「取り引きはできないかね？」

と、徳之助が続けていう。

「どういう取り引きですか？」

「全ての事件は、老人の、この私がやったことにする。理由は、老人の衝動的な殺意だ。息子の仕事に対する嫉妬でもいい。全て、私の責任ということで、息子は今までの全ての事件とは関係がない。今まで通り、3D企画の社長としてやっていく。そういうことにできないかね？　私という犯人がいるのだから、納得できるんじゃないか？」

と、徳之助がいった。

「無理ですね」

十津川が短くいった。

「弁護士を呼んでもらいたい」

と、徳之助がいった。

やって来たのは、白鳥《しらとり》という敏腕で知られた弁護士だった。

　ここから尋問は、十津川と釧路警察署の渡辺警部の二人対江崎徳之助と白鳥弁護士になった。

　その尋問が始まる前に、白鳥弁護士が、二人の警部に提案してきた。

「警察も殺人や誘拐といった重い事件については、一刻も早く解決したいはずです。長引けば、どうしても批判の的にされますからね。それで、これは江崎徳之助氏からの提案ですが、今回の事件は、殺人、誘拐監禁、そして殺人未遂です。いずれも北海道内では、人々の耳目を集めました。しかも、誘拐監禁は、すでに数年の時間が経っていますから、警察にとっては、一刻も早い解決が望まれるはずです。江崎徳之助氏は、いずれの事件も自分が実行したと告白しているのです。警察が必要なら、上申書を提出してもいいといっています。また、どの事件にたいしても、途中で約束を破るようなことはしないと誓っています。どうでしょうか？」

「どうでしょうかというのは、どういうことですか？」

　と、十津川がきいた。

「江崎徳之助氏の犯行ということで、事件の幕を下ろしませんかという提案です。これは、警察にとっても、提案者の江崎徳之助氏にとっても、悪いことではないと思いますが」

　と、白鳥弁護士がいう。

「しかし、三つの事件について、犯人が江崎徳之助さんだという証拠はあるのですか？　殺人未遂については、江崎徳之助さんがやったことはわかっていますが、及川ゆみの誘拐監禁と坂口あやの殺人についても、江崎徳之助さんが犯人だという証拠はあるのですか？」

渡辺警部が、白鳥弁護士に抗議する調子でいった。

「では、その二件について、江崎徳之助氏が上申書を提出すると申しているので、それを読んでいただきたい」

と、白鳥が言った。

2

三日後、まず、坂口あや殺人事件についての上申書が提出された。

「坂口あやは、他の会社のコマーシャルもやっていましたが、私の3D企画のコマーシャルにも出てくれていました。美人でスタイルがよく愛嬌《あいきよう》もあって、3Dプリンターのコマーシャルのモデルとしては最適でした。

私、江崎徳之助は、コマーシャルも部下に任せておけなくて、私が自分でやっていました。自然にモデルの坂口あやとも、度々会うことになっていきました。

最初のうちは、コマーシャルが成功すると夕食をおごったり、ブランドもののバッグをプレゼントしたりしていたのですが、次第に、私は男として、坂口あやを見るようになっていったのです。

彼女をうちの会社のモデルとして使うようにな

ってから二年目に、私はとうとう、彼女を箱根のホテルに誘って、関係を持ってしまったのです。会社の創業者として、絶対にやってはならないことです。

ところが、一度関係を持ったあと、私は一層、坂口あやに、のめり込んでいったのです。

その彼女が、急に私に対してよそよそしくなりました。モデルとしての仕事は今まで通り、きちんとやるのですが、そうした仕事のあと、私が誘うと、以前は喜んでついてきていたのに、いろいろと理由をつけて同行するのを拒否するのです。

私は、すでに七十歳を過ぎています。若い女のことで嫉妬したりするのはみっともないと思いながら、逆に坂口あやに対して、今まで以上にのめり込んでいったのです。

私立探偵を雇って、彼女が冷たくなった理由を調べさせたりもしました。

その結果、何ということか、坂口あやは、うちとはライバル関係にある大東電気の若い小柴課長と、いい仲になっていたことがわかったのです。呆然《ぼうぜん》としました。嫉妬にかられました。諦める気もおきませんでした。七十代という年齢を忘れて嫉妬したのです。

私立探偵を使って、坂口あやと小柴の関係をさらに調べさせました。

そうすると、二人は冬の釧路で遊んでいることがわかりました。そのうえ、うちのコマーシャルを断って、大東電気のコマーシャルに出るようになっていたこともわかりました。

私は腹が立ち、許せないと思いました。

そこで、私も釧路に行きました。さすがに釧路の寒さはこたえますので、私が前に秘書として使っていた男、村上邦夫を使って、坂口あやと小柴のことを監視させました。あまり頼りにならない男ですが、坂口あやと親しかったことがあったからです。

その結果、小柴がレンタカーを借りていることがわかったので、坂口あやを殺して、そのレンタカーのトランクに放り込んでおきました。

小柴が警察の捜査対象になっているのを知って、ざまあみろと思いました。

今から考えると、あの頃は、私自身が異常な精神状態になっていたのだと思います。

もう一件、村上邦夫も殺しました。とにかく軽い、命令通りに動く男です。そんな男と思って、秘書をやめたあとも便利に使っていたのですが、この時に限って、私をゆすってきたのです。

私はあきれるよりも、無性に腹が立ちました。人間というものは不思議なものです。日頃軽く見ている男が急に脅してくると、無性に腹が立つことを知りました。

だから、殺しました。

これで、私の罪は殺人二件、誘拐監禁一件、そして、殺人未遂一件になりました。

よくやったものだと、私自身感心しています。

以上、事実をありのまま書いたことを、誓います。

江崎徳之助」

「予想どおりの上申書ですね」

　と、道警の渡辺警部がいった。

「ここに書かれていることは『自分が殺した』という言葉以外は、全て事実だと思いますね。息子の江崎健四郎のことを心配して、調べたでしょうから」

　と、十津川がいう。

　しかし、小柴が北海道で、行方不明になった及川ゆみを七年間も探し回りながら、坂口あやと一時的とはいえ、関係を持ってしまっていたという事実に、十津川は、衝撃を受けていた。だが、このことは、小柴本人はもとより、若柳にも黙っていることにした。

「次に、及川ゆみを誘拐監禁した件について、上申書を提出してくるでしょうね」

　と、十津川が続けていった。

「こうなると、真犯人の江崎健四郎も、全て父親がやったことだと主張してくるでしょう」

　と、渡辺がいった。

　案の定、さらに三日経って、及川ゆみの誘拐監禁について、江崎徳之助が書いた上申書が提出された。

「及川ゆみの誘拐と監禁について、事実を書きます。

　私は、自分が創った3D企画の発展を願う余り、若い女性、及川ゆみを誘拐し、監禁したのです。

　私の創った3D企画は、3Dプリンターの製造、輸入、販売では日本一を誇っていましたが、3Dカメラの分野では苦戦を続けていました。特に、大東電気とは、年来のライバルとして、長年競争してきました。

特に、最近の大東電気が、次にどんな新しい3Dカメラを発表するのかが心配でした。どんな形の3Dカメラなのか、どんな新しい部品が組み込まれているのか、何としてもそれが知りたかったのです。

しかし、大東電気の守りが固くて、わからなかったのです。

そこで、一計を案じて、大東電気の3Dカメラのコマーシャルにモデルとして出ている、及川ゆみに目をつけました。

大東電気が近く新しい3Dカメラを発売するのではないか、それなら、すでにコマーシャルを撮っているだろう。とすれば、いつも大東電気のコマーシャル・モデルをやっている及川ゆみが、何か知っているのではないか？ 少なくとも、その形や性能はわかっているに違いない。そう思って、私は、及川ゆみを誘拐することにしたのです。

七年前、私は、村上邦夫に手伝わせて、及川ゆみを、誘拐したのです。そして、用意した摩周駅に近い別荘に監禁しました。

しかし、モデルから、3Dカメラの秘密をきくという作戦は、結果的に、失敗でした。少しばかり乱暴に誘拐してしまったので、及川ゆみを、恐怖に陥れてしまい、精神を錯乱状態にさせてしまったのです。

そうかといって、解放するわけにもいきませんでした。解放したあと、精神錯乱状態が治ってしまったら、たちまち逮捕されてしまうからです。

　それから七年間、私は、重荷になってしまった及川ゆみを、別荘に隠し続けました。七年間もです。現在の社長である息子には、とてもできることではありません。引退した私だからこそ、七年間も若い女性を、別荘に監禁することができたのです」

　上申書は、まだ続くのだが、十津川は、読むのを止めてしまった。

「問題は、及川ゆみの精神が、正常に戻るかどうかに、かかっています」

　と、十津川はいった。

「その点は、同感です。江崎徳之助が、全て自分がやったと、上申書に書いても、及川ゆみが、正常に戻れば、自分を誘拐したのが江崎徳之助か、息子の江崎健四郎か、すぐわかってしまいますからね」

　と、渡辺もいった。

　確かに、このあとは、及川ゆみの問題だった。彼女の病んだ精神が、正常に戻るかどうかなのだ。

　小柴も、十津川も、そして、若柳も、及川ゆみが戻って来た時は、絶望の気持ちだった。とても、彼女が正常に戻るとは、思えなかったからである。

　今回の事件について、何を聞いても、沈黙しか戻って来なかったのだ。奇蹟《きせき》を信じて、釧路の病院から東京の中央病院に移したのだが、医師も、明るいことはいわなかった。

　ところが、ここにきて、奇蹟らしきものが見えたのである。

　今の及川ゆみは、自分では、何もできない。行動もできないし、真実を話すことも無理だろうと、思っていたのだ。

　それなのに、突然、中央病院から姿を消すと、自分の力で東京から釧路まで移動したのである。

　普通の人間なら、何でもない旅行である。しかし、及川ゆみにとっては奇蹟なのだ。彼女が、必要な金を持っていたこと、小柴が持たせていたたことも奇蹟である。

　東京から釧路まで、挙動不審な女性が、おかしな切符の買い方をしたという話は、きこえてこない。だから、きちんと切符を買い、どこ行きの列車かを調べて乗っているのだ。これも、見る人が見れば奇蹟である。

　及川ゆみは、いったい何を求めて、東京から釧路までやって来たのだろうか？

　本人は、いまだに何も喋ろうとしない。監禁中に、自分が育てていたタンチョウヅルに、もう一度会いたくて、釧路湿原にやって来たのか？

　十津川たちは、一刻も早い快癒を願って、わざわざ釧路から東京の中央病院に移したのだが、今回の彼女の行動を見ると、釧路湿原、あるいはタンチョウを見ていた方が平常心に戻るのが早いのかと考えてしまう。

　そこで、十津川は、小柴や若柳と一緒に、この件でいま一度専門医の川村にきいてみた。

　川村医師は、十津川たちに向かって、こう説明した。

「精神を病む理由については、さまざまです。外的要因と内的要因がありますが、今回のような、誘拐、監禁、それも七年間というのは、典型的な外的要因でしょう。その間、迷い込んだタンチョウを可愛がっていたというのもよくあることで、自分よりも可哀そうなものを見て、自分の痛み、辛さを少しでも小さくしようとする感情だと思います。東京の病院を抜け出して、北海道の釧路まで行ったことを不思議に思われるかもしれませんが、医者から見れば、それほど不思議ではありません。恐怖と絶望から記憶を失ったとしても、全ての記憶を失うことは、意外に少ないのです。多くの場合、記憶は、まだらになっています。最近のことは、全く覚えていないが、若い時、あるいは子供の時のことは、はっきり覚えているというケースは多いのです。今回の女性は、誘拐された時から監禁されていた間の記憶はないでしょう。その思い出は、恐怖と結びついているからです。しかし、皆さんがいうように、誘拐される前は、よく小柴さんと一緒に釧路湿原に遊びに来たり、釧網本線に乗ったり、あるいはカヌーを漕《こ》いでタンチョウを追いかけたりしていたとすれば、その間の記憶は残っていると思うのです。ですから、彼女が、ふいに東京の病院を抜け出して、釧路に来ていたとしても、少しも不思議はないのです」

　と、川村医師はいい、もうしばらく及川ゆみを診ていたいといった。

### 3

　その一方、小さな事件が起きた。

　例の別荘の新しい持ち主の藤田から電話があった。

「改修中の現場で、万年筆が発見されたんですが、立派なもので、名前が彫ってありました。江崎徳之助です。それをお送りします」

と、捜査本部に送ってくれたのである。

すると、それを待っていたかのように、白鳥弁護士がやって来た。

「藤田さんから、私の方にも電話があったんです。これで、江崎徳之助氏が、及川ゆみを誘拐、監禁していたことがはっきりしたでしょう？　殺人二件と、殺人未遂も自供しているんですから、さっさと起訴したらどうなんですか？　なぜ、起訴しないのですか？　留置と釈放を繰り返すばかりで」

と、十津川に、文句をいった。

「名前入りの万年筆を、改修中の別荘に落としておいたのは、あなたですか？　それとも、釈放中の江崎徳之助本人ですか？」

と、十津川がいい返した。

「七年前に、彼が及川ゆみを誘拐、監禁した時に決まっているでしょう？　万年筆についている指紋を調べてもらえばわかりますよ」

「困りましたね」

「何が困るんですか？　江崎徳之助本人が、殺人や誘拐を自供しているんですよ。あとになって、それをひるがえすようなことはしませんよ。そのために、上申書を提出しているんじゃありませんか？　なぜ、逮捕して起訴しないんですか？　そのうちに、マスコミが警察を批判するようになりますよ。これだけ証拠があり、自供しているのに、なぜ逮捕し、起訴しないのかといってね」

「別にためらっているわけじゃありませんよ」

と、十津川は笑顔で応じた。

「それなら直ちに、江崎徳之助氏を逮捕し、起訴してくださいよ」

と、白鳥弁護士が熱っぽく、繰り返し迫ってくる。

「全て正直に話してくだされば、こちらも、それに合わせて対応しますよ」

と、十津川がいった。

しかし、十津川にも弱味があった。それは、合同捜査をしている北海道警の態度だった。

白鳥弁護士は、道警にも江崎徳之助の上申書のコピーを提出し、一刻も早く、彼を逮捕し、起訴してくれるように働きかけていたのである。

道警本部の方は、自供しているのだから、江崎徳之助を逮捕、起訴してもいいじゃないかといっている。息子の江崎健四郎があやしければ、共犯ということで逮捕してもいいという。

しかし、十津川は、それには反対だった。

江崎徳之助は、全て自分がやったと告白しているのだ。したがって、彼が犯人なら、息子の江崎健四郎はシロなのだ。逆に、健四郎が犯人なら、徳之助はシロである。

十津川は、その考えを道警の渡辺警部にも説明していた。合同捜査の線が崩れるのが嫌だったからである。

十津川は、江崎健四郎を呼んで問題の万年筆をわざと、見せた。

「及川ゆみが誘拐、監禁されていたと思われる家屋から、この万年筆が見つかったと、現在の持ち主が送ってきてくれました。漆塗りで、『江崎徳之助』の名前が彫られています。よく見てください。これはお父さんのものですか?」

と、十津川がいったのは、相手の反応を見たかったからである。

健四郎は、万年筆を手に取って、軽くメモ用紙に文字を書いてから、

「確かに、おやじの万年筆ですよ。こういう太目の字を書いていました。それに、漆を使ったサクラの花を彫り込んでいるのも、おやじの万年筆の特徴ですから」

と、いった。

「それに、『江崎徳之助』の名前も彫り込んでありますよ」

と、十津川がいった。

「ああ、そうですね。小さい字なので、目に入りませんでした」

と、健四郎がいった。

(おや?)

と、十津川は思った。

小さな字なので目に入らなかったというが、金色の字だから、よく目立つのだ。

(やはり、この万年筆は、江崎徳之助が息子と会社を助けるために、急いで自分の名前を彫り込んで、別荘の改修現場に放り込んでおいたのだろう。しかし、自分の名前を彫ったと息子には教えたが、金文字というのをいい忘れたのではないのか?)

と、十津川は思った。

(勝負は、及川ゆみの病状だな)

と、十津川は改めて思った。

東京の中央病院の医師も、今回の及川ゆみの行

動を、重視すると、いった。

今まで誰の呼びかけに対しても、無言で何の反応も示さなかったのが、突然、動いたのである。

しかも、外からの力によるものではなく、自らの意思で動いたという点が重要で、その部分だけでも、病んだ精神が正常に戻ったと考えることができる。

こうした及川ゆみの行動を見ると、東京の病院に入っているよりも、北海道の病院に移り、釧路湿原とタンチョウを見たり、時には、介助者がついて歩いたりする方が回復が早いだろうと思うというのである。

十津川は、その医師の言葉に納得したが、小柴の意見も聞いてみた。一番、及川ゆみに影響を与える人間だと思うからである。

小柴も、今の気持ちをいった。

「僕も、今度の彼女の行動には驚いたし、嬉しい気もしているんだ。七年ぶりに彼女を見た時は、まったく回復不能のように見えた。何か話しかけても反応はないから、これでは正常に戻らないんじゃないか、このままで終わってしまうんではないかとも思ったよ。そんな彼女が、突然、動いたんだ。しかも、東京から北海道の釧路までだからね。それに、タンチョウを助けようとして列車に接触してしまった。どちらも、自分の意思で動いているんだ。僕は医学には素人だが、これは、病気が治る兆候ではないかと期待しているんだ。そのためには、何でもやってあげたい。医者の言うように、釧路の病院が良ければ、そこに入院させたい。タンチョウを見るのが良ければ、僕がタンチョウの研究所に話をつけて時々、病院に連れてきて、彼女と遊ばせるつもりだ」

と、いい、最後に若柳もこう付け加えた。

「今回の事件で喜んだり、悲しんだりした。腹の立つこともあったが、その中で最高に嬉しかったのは奇蹟だよ。回復不能だと思っていた及川ゆみが、ひとりで東京から釧路まで行ったことだよ。次には、彼女の精神が正常に戻るという奇蹟が起きるんじゃないかと思っているんだ」

（そうだ。奇蹟だ）

と、十津川は思った。

その時には、真犯人の江崎健四郎を逮捕し、起訴できるだろう。

【おわり】

＊本書は、「web集英社文庫」で2016年４月から10月まで配信された『雪とタンチョウと釧網本線』を、加筆・訂正し改題したものです。
＊この作品はフィクションであり、実在の個人・団体・事件などとは、一切関係ありません。（編集部）

西村京太郎の本

# 門司・下関 逃亡海峡

韓国人留学生と浮気をした大学講師・篠塚。妻は嫉妬の挙句、焼死する。遺体から睡眠薬が検出され夫に疑いの目を向ける十津川警部。だが篠塚は愛人と逃げ……。逃亡劇に挑む推理行。

集英社文庫

西村京太郎の本

## 十津川警部 三陸鉄道 北の愛傷歌

近藤の携帯に震災で行方不明の恋人渚から電話が入り、真相を確かめようと渚の故郷岩手K村へ。一方、大臣殺害の捜査をする十津川は、K村出身の高木の指紋を発見。長編ミステリー。

集英社文庫

西村京太郎の本

# 鎌倉江ノ電殺人事件

都内で大学生が服毒死。急行した十津川警部は現場で江ノ電の玩具に気づく。犯人のメッセージではと考えた警部は江ノ電に乗車し手がかりを探す。数日後、江ノ電が女性を轢いたと……。

集英社文庫

十津川《とつがわ》警部《けいぶ》 雪《ゆき》とタンチョウと釧網本線《せんもうほんせん》

2017年3月10日　第1刷

定価はカバーに表示してあります。

著　者　西《にし》村《むら》京《きよう》太《た》郎《ろう》

発行者　村田登志江

発行所　株式会社 集英社

東京都千代田区一ツ橋2—5—10

〒101-8050

電話　【編集部】03-3230-6095

【読者係】03-3230-6080

【販売部】03-3230-6393（書店専用）

印　刷　大日本印刷株式会社

製　本　ナショナル製本協同組合



ISBN978-4-08-775435-3 C0293